Chère lectrice,

En ce joli mois d'août, alors que les longues soirées d'été nous offrent quelques heures de lecture supplémentaires, je vous propose de vous plonger dans la belle et tumultueuse histoire d'Avery et du cheikh Malik (*La promesse du désert* de Sarah Morgan, Azur n° 3501).

Si Avery a offert son cœur à Malik, elle n'en est pas moins consciente que leur histoire est vouée à l'échec. Impétueuse, fougueuse et farouchement indépendante, elle est loin de faire une épouse convenable pour un futur souverain. Aussi a-t-elle pris la terrible décision de le quitter. Mais comment un cheikh aussi arrogant que ténébreux laisserait-il la femme qu'il a choisie entre toutes lui échapper ? Si la passion qui vibre entre nos héros est indéniable, c'est le dialogue, la patience, la tendresse… l'amour en fait, qui leur ouvrira les portes du bonheur.

Un roman à lire sur la plage, dans le train, allongée sur un transat ou dans votre sofa… Qu'importe le lieu puisque cette histoire vous emportera dans un monde fait de bouleversants rebondissements, de passion et de romantisme.

Très belle lecture !

La responsable de collection

Une irrésistible séduction

MAYA BLAKE

Une irrésistible séduction

collection Azur

éditions HARLEQUIN

Collection : Azur

Cet ouvrage a été publié en langue anglaise
sous le titre :
WHAT THE GREEK'S MONEY CAN'T BUY

ÉDITIONS HARLEQUIN

83-85, boulevard Vincent-Auriol, 75646 PARIS CEDEX 13.
Service Lectrices — Tél. : 01 45 82 47 47
www.harlequin.fr

ISBN 978-2-2803-0725-3 — ISSN 0993-4448

1.

— Allez ! Tu manques de nerf ! J'ai l'impression que c'est moi qui fais tout !

Piqué au vif par la remarque de son frère, Sakis tira vigoureusement sur les avirons ; une décharge d'adrénaline lui brûla aussitôt le dos et les épaules.

— Arrête de te plaindre ! répliqua-t-il. Ce n'est pas ma faute si tu vieillis.

Il sourit largement quand son aîné poussa un grognement irrité. Ari avait seulement deux ans et demi de plus que lui, mais il était très sensible sur le sujet de l'âge et Sakis ne manquait pas une occasion de le taquiner.

— Theo te remplacera au prochain entraînement si tu fatigues, ajouta-t-il.

— Notre cher frère s'intéresse davantage à sa carrière de don Juan qu'à ses performances sportives, répondit Ari. Je me demande parfois comment il a pu être cinq fois champion du monde.

Sakis plongea ses rames dans l'eau. Son sport préféré, qui avait autrefois été sa seule passion, lui procurait toujours une satisfaction intense. Il n'avait pas perdu le rythme, malgré plusieurs mois d'interruption.

Leur embarcation dépassa la balise qui marquait la moitié du parcours, au milieu du lac où s'entraînaient les membres de son club, à quelques kilomètres de Londres.

Une sensation euphorique l'envahit. Cela faisait longtemps qu'il n'était pas venu ici. Depuis qu'ils avaient repris la direction de Pentalidès Inc., les trois frères ne trouvaient plus beaucoup le temps de se voir. C'était déjà un miracle s'ils étaient dans le même fuseau horaire. D'ailleurs, pour ce week-end de retrouvailles, Theo avait été contraint d'annuler sa venue à la dernière minute. En ce moment même, il volait vers Rio à bord d'un jet Pentalidès, pour aller régler une crise majeure au sein du consortium familial. Mais Theo n'avait-il pas d'autres mobiles ? Il était bien capable de faire des milliers de kilomètres pour passer la soirée avec une femme…

— Si j'apprends qu'il nous a lâchés pour courir un jupon, je lui confisque son avion, dit Sakis.

— Tu ne le changeras pas, répondit Ari. A propos de jupons, je constate que ta dernière conquête a enfin réussi à se décoller de son écran…

Sans relâcher le rythme, Sakis suivit le regard de son frère. Brianna Moneypenny, son assistante de direction, était debout à côté de la voiture, ce qui en soi était déjà surprenant. Car ce bourreau de travail restait généralement à l'intérieur de la limousine, veillant sur les intérêts de la Compagnie maritime Pentalidès, la branche qu'il dirigeait, et vaquait à ses multiples tâches.

— Tu te trompes. Il n'y a rien entre elle et moi.

Il faillit marquer un léger temps de retard dans sa cadence. Mais, grâce à la discipline de fer qui lui avait permis de remporter un championnat de plus que ses frères, il rattrapa aussitôt son erreur.

Brianna avait une expression totalement inhabituelle — était-ce ce qui l'avait perturbé ? Depuis son recrutement, dix-huit mois plus tôt, elle ne s'était jamais dépourvue d'un masque glacé de professionnalisme. Aujourd'hui, elle avait l'air…

La voix de son frère fit irruption dans ses pensées :

— Comme tant d'autres, elle a apparemment succombé au charme fou de Sakis Pentalidès.

Il fronça les sourcils en résistant au trouble que la jeune femme déclenchait en lui. L'expérience lui avait enseigné à se défier des émotions. Il conservait des cicatrices indélébiles profondément enfouies. Quant à mélanger les affaires et le plaisir, il s'y était risqué une fois et s'était juré de ne plus recommencer.

— Tais-toi, Ari.

— Je m'inquiète pour toi. Regarde, elle est prête à se jeter à l'eau. Rassure-moi, tu n'as pas perdu l'esprit : tu n'as pas couché avec elle ?

Sakis essaya de déchiffrer l'expression de Brianna, mais elle avait tourné la tête.

— Je ne sais pas ce qui me dérange le plus, murmura-t-il distraitement. Ton intérêt malsain pour ma vie sexuelle ou ta capacité à continuer à ramer en pratiquant des méthodes dignes de la Sainte Inquisition.

Même s'il ne pouvait pas nier une certaine attirance physique pour son assistante, il était hors de question de céder à sa libido. Il avait déjà perdu trop de temps dans sa vie à se débarrasser de femmes envahissantes.

— Donc, il n'y a rien entre vous deux ? insista Ari.

Quelque chose dans la voix de son frère le hérissa.

— Si tu as des vues sur elle, riposta-t-il, un peu trop agressif, je te conseille de les oublier tout de suite. C'est la meilleure assistante que j'aie jamais eue. Si tu la touches, tu auras affaire à moi !

— Calme-toi, petit frère ! A la façon dont tu t'énerves, je devine tout de même qu'il y a anguille sous roche.

Ils approchaient du ponton et Sakis avait hâte d'arriver, à présent. L'insistance d'Ari l'irritait.

— Je tiens à elle pour ses compétences professionnelles,

rien de plus. Est-ce que ton assistante saurait faire la différence entre un nœud de cabestan et un nœud en huit ?

Son frère assura l'accostage puis descendit amarrer le bateau.

— Premièrement, mon assistant est un homme. Deuxièmement, si tu as choisi la tienne en fonction de ce genre de critère, tu es encore plus dingue que je ne pensais.

— Tu peux toujours critiquer mon mode de recrutement, argua Sakis, mais Brianna est extrêmement intelligente et un rottweiler ne me protégerait pas plus efficacement.

— Tu es trop admiratif pour être honnête.

— Attention à toi ! lança-t-il avec une grimace. Si tu continues, tu risques de le regretter. Je ne me suis jamais vengé de la fois où tu as failli m'éborgner...

Il posa l'index sur une cicatrice, juste au-dessus du sourcil droit, que son frère lui avait infligée d'un coup de rame malencontreux quand ils étaient adolescents.

— Il fallait bien t'obliger à baisser d'un ton, répliqua Ari en riant. Tu faisais trop le malin.

L'expression rieuse et détendue de son aîné ramena Sakis très loin en arrière, quand la tragédie n'avait pas encore fondu sur eux et altéré le caractère d'Ari.

— Ton rottweiler est prêt à bondir et montre déjà les crocs, s'écria celui-ci.

Sakis posa ses avirons et considéra Brianna, perplexe. Elle s'approchait, une serviette à la main, comme si elle allait lui annoncer qu'une urgence les obligeait à partir et qu'il ne pourrait pas prendre sa douche au clubhouse.

Il fronça les sourcils.

— Il s'est sûrement passé quelque chose. Je vais voir.

D'ordinaire, son assistante respectait scrupuleusement la frontière de sa vie privée et ne le dérangeait jamais quand il était avec ses frères.

— Ne t'inquiète pas pour moi ! lança Ari, ironique. Je

saurai ranger le matériel sans problème et je boirai une bière à ta santé.

Sakis l'ignora.

— Que se passe-t-il ? demanda-t-il à la jeune femme dès qu'il fut à portée de voix.

Pour la première fois depuis qu'il connaissait la jeune femme, elle hésita et pinça les lèvres en lui tendant la serviette.

— Monsieur Pentalidès, nous avons un problème.

Il serra les poings, s'attendant au pire.

— Un de vos pétroliers, le *Pentalidès VI*, a fait naufrage au large de Pointe-Noire.

Les cheveux de Sakis se hérissèrent sur sa nuque : c'était encore pire que tout ce qu'il aurait pu imaginer…

— Quand est-ce arrivé ?

— Le siège m'a transmis un appel d'un membre de l'équipage voici une dizaine de minutes.

Elle s'interrompit et s'humecta les lèvres.

— Il y a autre chose ? demanda Sakis.

— Oui. Le capitaine et deux marins sont portés disparus et… La coque du navire a heurté un récif. Le mazout se répand dans l'océan Atlantique à la vitesse de soixante barils par minute.

Sans rien trahir, Sakis Pentalidès avait conservé l'expression impavide qu'il arborait en toute circonstance. Pourtant, depuis dix-huit mois qu'elle le côtoyait, Brianna avait appris à déchiffrer quelques signes chez le magnat du pétrole énigmatique qu'elle assistait. En particulier la légère crispation du muscle de la mâchoire qui jouait nerveusement sous sa joue.

Par-dessus l'épaule de son boss, elle croisa le regard

d'Arion Pentalidès, tout aussi imposant que son frère mais d'un tempérament plus tourmenté. Devinant qu'il se passait quelque chose de grave, il se dirigea vers eux.

— Connaît-on la cause de l'accident ? interrogea Sakis.

Elle secoua la tête.

— Comme je vous l'ai dit, le capitaine manque à l'appel ; il ne répond pas sur son téléphone portable. Nous n'avons pas pu rétablir le contact avec le navire depuis l'appel initial. Des gardes-côtes congolais sont en route. Je leur ai demandé de me tenir au courant.

Elle emboîta le pas à Sakis, qui se dirigeait vers sa limousine.

— Notre équipe de secours se tient prête à décoller à votre signal, ajouta-t-elle.

Arion Pentalidès les rattrapa et posa la main sur l'épaule de son frère, qui lui résuma la situation en quelques mots.

— A-t-on les noms des marins manquant à l'appel ?

— Je vous ai envoyé à tous les trois la liste complète des membres de l'équipage, expliqua Brianna. J'ai également joint les coordonnées des différents ministres concernés et j'ai contacté leurs secrétariats respectifs pour prendre rendez-vous.

Arion hocha la tête et échangea un regard de connivence avec son frère.

— Parfait, dit-il. J'essaie d'obtenir des renseignements de mon côté. Je vous retrouve dans une heure.

Après le départ de son frère, Sakis se tourna vers elle.

— Je dois parler au président congolais.

Elle acquiesça d'un battement de cils.

— J'ai son chef de cabinet en ligne. Il vous le passera quand vous serez prêt.

Elle baissa les yeux sur son large torse et s'écarta.

— Il faut vous changer. Je vous apporte des vêtements.

Sakis ouvrit la fermeture Eclair de sa combinaison

étanche. Brianna ne sourcilla pas. Son patron la considérait comme un automate asexué, et elle avait fini par ne plus prêter attention à sa désinvolture. De toute manière, partant du principe éprouvé que les émotions provoquaient toujours des désastres, elle avait appris à rester insensible. Elle s'était donc endurcie, par nécessité. C'était cela ou sombrer sous le poids du désespoir.

Et elle refusait de sombrer !

Les yeux fixés sur le lac miroitant, elle tendit à Sakis une chemise bleu ciel, un costume Armani gris anthracite et une cravate aux couleurs d'Oxford. Puis elle retourna dans la limousine chercher ses chaussettes et ses chaussures. Elle n'avait pas envie de voir ses épaules musclées par des années de sport intensif, ni ses cuisses puissantes — et encore moins son caleçon noir…

La sonnerie du téléphone retentit à ce moment et elle s'engouffra dans l'habitacle pour répondre.

— Compagnie maritime Pentalidès, lança-t-elle en prenant sa tablette sur les genoux.

Elle leva les yeux au ciel en entendant son correspondant.

— Non, aucun commentaire pour l'instant, dit-elle en l'interrompant fermement. Désolée.

Sakis la rejoignit bientôt, impeccablement habillé. Du coin de l'œil, elle le vit se crisper lorsqu'elle déclara :

— Non, personne n'aura l'exclusivité : ni journal, ni chaîne de télévision. La Compagnie maritime Pentalidès donnera une conférence de presse d'ici à une heure. Elle sera postée sur notre site internet avec tous les détails et les liens susceptibles d'apporter d'autres renseignements. Si vous avez des questions à poser, il faudra contacter notre attachée de presse.

— Qui était-ce ? demanda Sakis quand elle raccrocha. Un tabloïd ?

— Fleet Street. Une agence sérieuse, qui voulait confirmation de la nouvelle.

Quand le téléphone sonna de nouveau, le numéro qui s'afficha était cette fois celui d'un magazine à scandale et Brianna ne répondit pas. Il y avait plus urgent.

— Etes-vous prêt à parler au président ? demanda-t-elle.

Sakis opina d'un bref signe de tête et elle lui passa les écouteurs, non sans avoir prévenu à l'autre bout du fil le chef de cabinet. Lorsque ses doigts frôlèrent ceux de son patron, elle ignora la petite décharge électrique qu'elle ressentait toujours à son contact.

— Monsieur le président, je vous exprime mes plus vifs regrets devant la catastrophe qui nous frappe, déclara Sakis de sa voix grave et assurée.

Brianna en aimait le timbre chaud, à peine teinté d'un léger accent qui lui venait de son ascendance grecque.

— Naturellement, ma compagnie assume pleinement ses responsabilités et nous ferons tout notre possible pour limiter les dégâts écologiques… Oui, j'ai une équipe de cinquante sauveteurs qui va arriver sur les lieux, avec deux personnes pour mener l'enquête. Ils nous transmettront leur analyse ainsi qu'un diagnostic des moyens à mettre en œuvre… Oui, je me rendrai moi-même sur le site dans les prochaines heures.

Au fur et à mesure de la conversation, Brianna organisait le déroulement des opérations. Quand Sakis eut terminé, le pilote de son jet privé se tenait prêt à décoller.

— Voulez-vous que je réponde ? demanda-t-elle quand la sonnerie retentit une nouvelle fois.

— Non. C'est à moi de le faire.

Il hésita un instant avant d'ajouter :

— Nos nerfs vont être mis à rude épreuve, mademoiselle Moneypenny. Vous vous sentez à la hauteur ?

Brianna s'obligea à respirer calmement. Un picotement

à l'épaule lui rappela le serment qu'elle s'était fait solennellement dans une pièce sombre et froide, deux ans plus tôt : « Je refuse de sombrer. »

Elle se redressa.

— Oui, monsieur Pentalidès.

Il la fixa de ses yeux verts, puis hocha la tête et décrocha.

Pendant le reste du trajet jusqu'aux Pentalidès Towers, Brianna se plongea dans le travail avec le plus d'efficacité et de diligence possibles. C'était devenu son seul mode de fonctionnement, le moyen d'oublier.

Au moment de prendre l'ascenseur jusqu'au toit du siège de l'entreprise, où les attendait l'hélicoptère qui les conduirait à l'aéroport, Brianna en savait davantage sur la catastrophe.

Pour le moment, on ne pouvait rien faire pour empêcher le fioul de se répandre dans l'Atlantique. Il fallait attendre l'arrivée des secours. Sakis, qui détestait être pris au dépourvu, était choqué, elle le sentait malgré tous les efforts de celui-ci pour ne rien laisser paraître.

Même si elle ne connaissait pas tous les faits, elle savait pourquoi le tapage médiatique affectait tout particulièrement son boss. Le père des trois frères Pentalidès s'était retrouvé sous les feux des projecteurs alors que Sakis était encore adolescent, et les journalistes ressortaient de temps à autre cette vieille histoire.

— Non, je suis désolé, Mme Lowell, disait Sakis à la femme du capitaine. Nous n'avons pas de nouvelles. Mais je vous appellerai personnellement dès que nous en aurons. Vous avez ma parole.

Un muscle tressaillit sur sa tempe alors qu'il raccrochait.

— L'équipe de secours arrive dans combien de temps ? demanda-t-il à Brianna.

Elle jeta un coup d'œil à sa montre.

— Quatre-vingt-dix minutes.

— Il faut en engager une deuxième et organiser les trois-huit jusqu'à ce qu'on ait retrouvé tous les disparus.

— Bien, monsieur.

Les portes de l'ascenseur s'ouvrirent et Brianna faillit trébucher quand Sakis posa une main dans son dos pour la guider vers l'hélicoptère. En un an et demi, il ne l'avait jamais touchée de la sorte et, même si son geste n'avait rien de déplacé, elle avait été surprise. Il se montrait toujours d'une correction irréprochable et elle-même souhaitait des relations strictement professionnelles.

A peine installé à bord, Sakis appela son frère Theo. Il parlait grec et Brianna ne comprenait rien, mais cette langue inconnue et mélodieuse la fascinait. En se rendant compte tout à coup qu'elle le fixait avec insistance, elle baissa les yeux en rougissant et alluma sa tablette.

Il n'était pas question de donner prise à la moindre émotion. Elle avait trop souffert. L'enfer qu'elle avait vécu avec sa mère devait la dissuader de renouer des liens avec un être humain. Et le tatouage qu'elle avait sur l'épaule l'empêcherait d'oublier la leçon du passé.

S'appuyant contre le dossier de son siège, Sakis observa son assistante à la dérobée. Ils étaient partis depuis quatre heures et depuis quatre heures, inlassablement, les doigts de Brianna pianotaient sur les touches du clavier. Ses cheveux d'un blond très clair, ramassés en un chignon strict, toujours impeccable, dégageaient un cou gracile et des oreilles où brillaient deux perles discrètes.

Sans l'avoir vraiment décidé, il se mit à la détailler comme il ne s'y était encore jamais autorisé. Son tailleur noir et son chemisier blanc, quoique sévères, lui seyaient à la perfection. Elle avait une poitrine discrète, un ventre plat et de longues jambes qui n'en finissaient pas.

En plus d'un physique (très) agréable, elle était dotée d'une solide constitution. Malgré des horaires éprouvants, elle n'avait jamais été absente, et acceptait sans regimber de rester tard le soir pour boucler un dossier. Dans ces occasions, elle dormait dans un appartement réservé à cet usage dans les Pentalidès Towers au lieu de rentrer chez elle. Sakis fronça les sourcils : il ne savait même pas où elle habitait.

En tout cas, il remerciait le ciel d'avoir placé Brianna Moneypenny sur sa route.

Elle avait même réussi le tour de force de lui faire oublier sa désastreuse expérience avec Giselle, son assistante précédente. Son assurance tranquille l'avait conquis d'emblée et ses compétences lui étaient vite devenues indispensables. Son efficacité discrète ne l'avait jamais déçu et continuait à le surprendre agréablement.

En repensant à leur premier entretien, il se souvint pourtant avoir éprouvé ce petit choc électrique qui surgissait encore chaque fois qu'il la regardait dans les yeux…

Poursuivant son examen, il remarqua un détail étonnant : un minuscule tatouage en forme d'étoile à l'intérieur de la cheville gauche, qui ressortait sur la pâleur de sa peau. Cela contrastait tellement avec la personnalité rigide de la jeune femme qu'il en fut intrigué.

Se sentant sans doute observée, elle releva la tête.

— Nous atterrissons dans trois heures, annonça-t-il. Nous devrions déjeuner.

— Voulez-vous d'abord consulter les fiches des personnes que vous allez rencontrer ? demanda-t-elle.

Sakis baissa de nouveau les yeux sur sa cheville ; elle croisa les jambes.

— Monsieur Pentalidès ? insista-t-elle d'une voix neutre mais ferme.

Il inspira profondément en reléguant l'image du tatouage au fond de son esprit, mais sans l'oublier totalement.

— Qu'on nous serve le repas dans dix minutes. Je vais prendre une douche.

Il se leva et se dirigea vers l'une des deux chambres installées à l'arrière de son jet privé. Sur le seuil, il se retourna. Son assistante était bien telle qu'il l'avait décrite à Ari. En apparence. Mais il venait de s'apercevoir qu'il ne s'était jamais posé aucune question à son sujet.

2.

— Je veux me rendre sur les lieux dès mon arrivée, déclara Sakis entre deux bouchées de hamburger.

Brianna, qui se contentait d'une salade composée, secoua la tête.

— Le ministre de l'Environnement souhaite d'abord vous rencontrer. J'ai essayé de le dissuader, mais il insiste. A mon avis, il soigne son image à l'approche des élections et veut une photo dans la presse.

Sakis fit la grimace. Il détestait les journalistes depuis que son père, Alexandrou Pentalidès, avait infligé à sa famille l'humiliation publique de son effondrement.

— Un hélicoptère vous attendra à l'issue du rendez-vous, reprit son assistante.

— Bien. Quels médias sont sur place ?

— A peu près tous les réseaux d'information internationaux, ainsi que deux bateaux d'organismes de surveillance écologique.

— Nous ne pouvons pas refuser leur présence, mais qu'ils n'interfèrent pas dans les opérations de sauvetage.

— Je sais. Justement, je… j'ai eu une idée.

Brianna inspira profondément. C'était un peu hasardeux, mais cela pouvait consolider l'image de la Compagnie maritime Pentalidès. En même temps, cela renforcerait son propre statut au sein de l'entreprise, et par ricochet la protégerait contre cette peur de sombrer qui la réveillait encore si souvent en pleine nuit.

Elle plaçait la sécurité de l'emploi au-dessus de toute autre considération. Elle avait vécu trop de situations angoissantes dans son existence. Enfant, elle croyait naïvement que sa mère, qui l'élevait seule, résisterait à la drogue pour conserver son travail et leur petit appartement des Docklands. Hélas, la terreur de ne pas savoir ce qu'elle mangerait ni où elle dormirait la hantait encore. Ensuite, elle avait stupidement donné sa confiance à un homme qui ne la méritait pas et en avait chèrement payé le prix.

— Je vous écoute, fit son employeur.

Elle rassembla ses idées et se lança :

— Nous pouvons utiliser les médias et les réseaux sociaux à notre avantage. Quelques blogs comparent déjà cet accident avec celui que l'entreprise familiale a subi dans le passé. C'est à nous de maîtriser l'information avant que la rumeur s'enfle et se propage.

Sakis eut une moue perplexe.

— Les deux situations n'ont rien à voir. La marée noire d'aujourd'hui s'étend à la surface alors qu'à l'époque le pipeline avait explosé en eaux profondes.

— Mais…

Il l'interrompit d'un air glacial.

— Je veux autant que possible maintenir les médias à distance. Les journalistes ont malheureusement une fâcheuse tendance à tout déformer.

— Pas tous. Et ce serait l'occasion ou jamais de se servir d'eux pour communiquer et transmettre les bonnes informations.

Sakis repoussa son assiette.

— Que proposez-vous ?

Brianna ralluma son ordinateur et rappela la page sur laquelle elle travaillait avant leur collation.

— J'ai créé un blog avec un lien sur Facebook et Twitter.

Sakis se pencha pour lire le titre.

— « Sauver Pointe-Noire » ?

Elle hocha la tête.

— C'est pour inviter les gens à se porter volontaires, sur place ou en ligne, pour partager leur expertise.

— Non, répondit Sakis, péremptoire. Ma société est responsable de ce désastre. C'est à nous seuls de réparer les dégâts.

— D'un autre côté, il ne faut pas provoquer de réactions négatives. Et les gens ont envie de s'impliquer.

— On ne nous accusera pas de solliciter une aide gratuite ?

— Pas si on offre quelque chose en échange.

Le regard scrutateur de Sakis alluma en elle une étincelle que Brianna ignora résolument.

— Quoi ? demanda-t-il.

Oppressée soudain, elle s'obligea à ne pas tenir compte de l'angoisse qui lui comprimait la poitrine.

— Je ne sais pas encore. Je vais y réfléchir.

Sans la quitter des yeux, son patron but une longue gorgée d'eau.

— Vous me surprendrez toujours, mademoiselle Moneypenny.

Mal à l'aise, Brianna s'appliqua à demeurer impassible. Elle ne voulait pas susciter la curiosité de son patron, ni de quiconque, sur son histoire personnelle. Son passé devait rester caché.

— Que voulez-vous dire, monsieur Pentalidès ?

— Votre projet est ingénieux, et je vous en félicite. Mais sa mise en œuvre nécessiterait une masse de travail phénoménale.

— Si vous me donnez le feu vert, je peux briefer une

petite équipe, au siège, qui me transmettra les demandes ou les informations validées.

Il secoua la tête.

— J'ai besoin que vous soyez disponible. Si vous devez constamment vérifier vos messages, vous ne le serez pas.

— Je peux mettre en place une mise à jour régulière, par exemple toutes les trois heures.

Devant l'air sceptique de Sakis, elle ajouta :

— Vous reconnaissez vous-même que c'est une bonne idée. Qu'avons-nous à perdre en essayant ?

Au bout d'une minute, il céda.

— Mais les opérations de nettoyage resteront notre priorité, ajouta-t-il.

— Bien sûr.

Brianna repoussa son assiette pour se remettre au travail, mais il lui enleva son ordinateur.

— Finissez d'abord de manger.

— Je… J'ai terminé.

— Non. Prenez des forces. Vous en aurez besoin.

— Et vous ?

— J'ai une constitution beaucoup plus robuste que la vôtre, me semble-t-il…

Comme elle s'exécutait de mauvaise grâce, il poursuivit :

— Une féministe pure et dure m'accuserait probablement de sexisme pour ma remarque précédente, non ? Quoi qu'il en soit, je trouve que vous ne mangez pas assez.

— Vous surveillez mon régime ?

— C'est très mauvais de ne pas s'alimenter correctement.

— Et en plus vous me faites la morale, dit Brianna avec étonnement, sans élever la voix toutefois.

— J'ai vu quelqu'un sombrer dans l'anorexie et je ne suis pas près de l'oublier.

— Désolée d'avoir ravivé de mauvais souvenirs, murmura-t-elle. Qui a… ?

— C'est sans importance. Mais ne gaspillez pas la nourriture.

Elle se demanda quel événement avait à ce point marqué Sakis Pentalidès. Cet homme impénétrable laissait parfois échapper des éléments qui excitaient sa curiosité. Le jour de son entretien d'embauche, par exemple, il l'avait dévisagée sans aménité juste avant de lui lancer :

— J'ai un conseil à vous donner, mademoiselle Moneypenny : si vous voulez garder ce job, ne tombez pas amoureuse de moi.

Déjà vaccinée par sa malheureuse expérience, Brianna avait répondu du tac au tac :

— Avec tout le respect que je vous dois, monsieur Pentalidès, je brigue ce poste uniquement pour le salaire. L'amour n'a jamais aidé personne à payer les factures.

Quant aux privations de nourriture, elle en avait enduré beaucoup dans son enfance. Avec sa mère qui se droguait, elle avait connu le pire, dans une jungle urbaine où régnaient la saleté, l'angoisse et l'insécurité.

Elle tint néanmoins sa langue et réfréna son envie de poser des questions personnelles à son patron, pour ne pas susciter de réciprocité. Son passé était enfoui au plus profond d'elle-même, aussi à l'abri que dans un coffre-fort inviolable. Et il n'en sortirait jamais.

Elle termina son assiette en silence et poussa un soupir de soulagement quand le steward arriva pour la débarrasser. Quand le téléphone sonna, elle chassa résolument la familiarité déstabilisante qui menaçait de surgir entre Sakis et elle pour retrouver vite son assurance et ses réflexes professionnels.

— Le capitaine des garde-côtes, annonça-t-elle, la main sur le micro.

Sakis lui lança un regard empreint de perplexité avant de se replonger lui aussi dans le travail.

Dès qu'ils arrivèrent en vue du supertanker aux couleurs noir et or de sa compagnie, Sakis, une boule dans le ventre, tapa sur l'épaule du pilote d'hélicoptère.

— Décrivez des cercles au-dessus du navire, cria-t-il pour se faire entendre. Je veux faire une première évaluation avant d'atterrir.

Ensuite, après plusieurs passages au-dessus du *Pentalidès VI*, ils se posèrent. A peine l'hélico avait-il touché le sol que Sakis mit pied à terre. Un groupe de journalistes se pressait déjà derrière le cordon de sécurité. Il s'approcha des sauveteurs, en combinaisons jaunes. Le capitaine, un homme trapu aux cheveux gris, lui résuma la situation :

— Trois cales sont endommagées, avec des brèches dans la coque. Les autres sont intactes. Mais, si le navire reste échoué trop longtemps, d'autres fissures risquent de se former. Nous avons entrepris de pomper le mazout pour l'empêcher de se répandre.

— Il faudra combien de temps ?

— Trente-six à quarante-huit heures. Les équipes se relaient sans interruption.

Sakis hocha la tête. Au même moment, il aperçut Brianna sortir d'une des tentes dressées à la hâte au bout de la plage. Elle s'était rapidement changée pour enfiler un pantalon de toile et un T-shirt blanc. Son chignon blond, toujours aussi impeccable, brillait sous le soleil d'Afrique et elle portait aux pieds des rangers militaires. Pour la deuxième fois de la journée, il éprouva une attirance malvenue pour cette jeune femme, qu'il réprima sévèrement en concentrant son attention sur l'homme qui se tenait en face de lui.

— La nuit va tomber dans trois heures. Combien de bateaux avez-vous pour mener les recherches ?

— Quatre, en comptant les deux vôtres, plus l'hélicoptère. Mais je me demande si des pirates n'ont pas tenté un coup de main.

— Les hommes portés disparus auraient été kidnappés ?

— Ce n'est pas exclu.

Brianna, qui les avait rejoints, se mordit la lèvre en prenant des notes.

— Qu'y a-t-il, mademoiselle Moneypenny ? demanda Sakis après avoir congédié le capitaine.

— Je m'en veux : cette éventualité ne m'a même pas traversé l'esprit.

Posant l'index sous son menton, il l'obligea à redresser la tête.

— La police est là pour mener l'enquête. Vous ne pouvez pas penser à tout. Pour l'instant, j'ai besoin de la liste des journalistes. Vous pouvez vous en occuper ?

Quand elle hocha la tête, son doigt glissa sur sa peau douce et satinée.

Il se recula brusquement en chassant une idée aberrante. Une idée qui pourtant le taraudait insidieusement depuis les propos de son frère au sujet de Brianna Moneypenny…

Il se tourna vers le rivage. D'en haut, il avait estimé à environ six cents mètres la longueur de la nappe de pétrole. Quelle que soit la cause de l'accident, c'était à lui d'en assumer la pleine responsabilité.

Son assistante lui emboîta le pas quand il se dirigea vers la vedette de sauvetage.

— Non, restez là, ordonna-t-il. C'est peut-être dangereux.

— Si vous montez à bord du pétrolier, vous aurez besoin de moi pour prendre des notes et des photos.

— Je ne veux pas empiéter sur le rôle des enquêteurs.

Comme elle s'apprêtait à protester, sa poitrine se souleva ; une nouvelle fois, Sakis s'obligea à regarder ailleurs.

Theos ! Devenait-il fou ?

— Si vous êtes sûr que vous n'avez pas besoin de moi, prenez ça, dit-elle en lui tendant l'appareil photo.

— Tout à fait sûr.

Il se détourna très vite, mais elle le rappela.

— Attendez !

— Quoi, encore ? lança-t-il avec un sursaut de nervosité.

— Tenez, c'est obligatoire, dit-elle en lui donnant une combinaison cirée jaune.

— Si le règlement l'exige… murmura-t-il en souriant malgré lui.

Un peu plus d'une heure après son arrivée à Pointe-Noire, Sakis reçut les conclusions de l'enquête provisoire. Qui lui sapèrent le moral.

— J'étais moi-même pilote de pétrolier jusqu'à il y a dix ans, avait déclaré l'expert. A l'époque, les systèmes de navigation étaient déjà extrêmement perfectionnés. Votre bateau est équipé des meilleurs dispositifs. Une défaillance matérielle est à exclure.

Sakis sortit son téléphone de sa poche.

— Mademoiselle Moneypenny, je veux un rapport complet sur Morgan Lowell… Oui, le capitaine. Et préparez un communiqué pour la presse. Malheureusement, il s'agit très certainement d'une erreur humaine.

Brianna sélectionna son texte et changea la police de caractères. Puis, satisfaite, elle s'approcha de l'endroit où Sakis était en train de discuter avec le ministre de l'Environnement. Son ciré entrouvert laissait voir son torse musclé revêtu d'un T-shirt vert foncé. Comment parvenait-il à paraître aussi sexy dans un tel accoutrement ?

Elle retint son souffle quand il tourna les yeux vers elle. La petite étincelle électrique jaillit de nouveau, mais elle l'éteignit aussitôt. Les circonstances particulières justifiaient sans doute à elles seules ces réactions exacerbées, se dit-elle pour se rassurer.

— C'est prêt ? demanda-t-il.

Elle hocha la tête et lui tendit sa tablette. Puis, en pratiquant les exercices respiratoires qui suffisaient généralement à calmer son anxiété, elle se dirigea vers les journalistes maintenus derrière un cordon de sécurité.

— Mesdames, messieurs, bonjour, leur lança-t-elle. Voici comment nous allons procéder : M. Pentalidès va vous lire un communiqué. Vous pourrez ensuite lui poser des questions, une par personne.

Elle leva la main pour imposer silence aux protestations qui commençaient à fuser.

— Je vous demande de vous montrer compréhensifs. Nous ne sommes pas en mesure de vous accorder beaucoup de temps. L'urgence est ailleurs pour l'instant. Les opérations de sauvetage ne sont pas terminées.

Totalement maîtresse de la situation, elle se sentait mieux maintenant qu'elle avait recouvré ses esprits. Depuis qu'elle avait surpris le regard de Sakis sur sa cheville, les émotions se succédaient et ébranlaient sa sérénité.

Au début, elle prenait grand soin de dissimuler son tatouage ; néanmoins, comme elle s'était aperçue que Sakis ne faisait pas du tout attention à elle, Brianna avait relâché sa vigilance. A présent, il lui faudrait redoubler de prudence.

Elle alla se placer à côté de l'estrade où se tenait son employeur et essaya de rester indifférente à sa voix chaude et bien timbrée. Malgré son autorité tranquille, la tension qui émanait de sa haute silhouette ne lui échappa pas.

— Qu'allez-vous faire du pétrole pompé dans les cales ? demanda un reporter.

Sakis échangea un regard avec le ministre.

— Nous l'offrons à l'armée de ce pays pour la remercier de sa généreuse assistance.

— Quelle bonté d'âme ! lança le représentant d'un tabloïd de la pire espèce. Vous espérez peut-être ainsi échapper aux sanctions de la justice pénale, monsieur Pentalidès ?

Sakis ne broncha pas.

— Pas du tout. Comme je l'ai dit tout à l'heure, mon entreprise assume l'entière responsabilité de l'accident et nous dédommagerons le gouvernement pour couvrir les frais de dépollution. Pour l'instant, il faut éviter que les cales ne se vident dans l'océan. Quand le pompage sera terminé, nous pourrons remorquer le bateau sans crainte. Question suivante ?

— Quelle est la cause de l'accident ? D'après nos sources, vos navires bénéficient des dernières innovations technologiques. Que s'est-il passé ?

— Nous le saurons quand l'enquête sera terminée.

— Mais vous-même, qu'en pensez-vous ?

— Je ne peux pas me prononcer tant que les faits ne sont pas connus.

— Vous n'avez jamais caché le peu d'estime que vous avez pour les journalistes. Essayez-vous de nous amadouer pour mieux nous imposer votre point de vue ?

— Pas le moins du monde, affirma tranquillement Sakis. D'ailleurs, j'autorise cinq d'entre vous à couvrir les opérations de sauvetage.

Il cita les noms des heureux élus, qui se rengorgèrent, tandis que les questions continuaient à fuser. L'une d'elles, d'une méchanceté incisive, resta comme suspendue dans l'air.

— Si votre père était encore en vie et à votre place, comment réagirait-il ? Achèterait-il le silence des autorités, comme il en avait l'habitude ?

Une protestation étranglée jaillit de la gorge de Brianna. Surgi de nulle part, un désir ardent de protéger Sakis s'empara d'elle, provoquant une sorte de vertige. Elle vacilla, au bord du malaise.

Après un regard dans sa direction, Sakis affronta le groupe de journalistes.

— Il faudrait communiquer avec l'au-delà pour lui demander. Je ne parle pas à la place des morts.

Puis il descendit de l'estrade et vint se planter devant Brianna.

— Que se passe-t-il ?

— Je… rien.

Elle rouvrit sa tablette pour se donner une contenance, mais Sakis la lui enleva des mains.

— Il faudrait que ces vautours s'attaquent à une autre proie et nous laissent tranquilles, maugréa-t-il avec colère.

Une ombre subsistait dans ses yeux. A l'évidence, la dernière question l'avait blessé. Surmontant un nouvel élan de compassion, Brianna se concentra sur la suite des opérations.

— Je vais demander aux agents de sécurité de congédier tout le monde.

Sakis plissa les yeux, comme pour lire en elle.

— Vous êtes sûre que tout va bien ? insista-t-il. Vous êtes très pâle. J'espère que la chaleur ne vous incommode pas.

— Je me sens très bien, je vous assure, monsieur Pentalidès, répliqua-t-elle d'une voix volontairement coupante.

Elle réussit enfin à s'éclipser.

« Non. Non. Non », se répétait-elle comme un mantra. En aucun cas elle ne devait céder à ses sentiments naissants. Même si son patron ne la renverrait pas aux premiers signes de faiblesse, elle n'avait pas l'intention de se laisser aller sur cette pente.

Les tatouages qu'elle avait à la cheville et sur l'épaule l'exhortaient à la prudence.

Son insatiable besoin d'amour lui avait fait commettre une erreur de jugement qui l'avait conduite en prison. Il n'était pas question de renouveler la même bêtise.

3.

Sakis regarda Brianna s'éloigner d'une démarche raide et empruntée. Manifestement, quelque chose n'allait pas. Mais quoi ?

Elle s'était comportée de façon exemplaire jusqu'à la dernière question perfide et déstabilisante de la conférence de presse improvisée, qui l'avait lui-même pris de court. Pourquoi son père le tourmentait-il encore d'outre-tombe ? Il réprima énergiquement la douleur qui surgissait. Le passé n'avait plus aucun pouvoir sur lui. Il refusait de se laisser hanter par une ombre qui avait perdu toute consistance.

Après ce que son père avait fait à sa famille — surtout à sa femme —, il ne méritait que l'oubli.

Malheureusement, en des occasions comme celle-ci, les médias, toujours prompts à se déchaîner et cracher leur venin, déterraient les vieux scandales. Il fallait s'attendre au pire…

Un vacarme assourdissant le tira de ses réflexions. Remontant la fermeture Eclair de sa combinaison, il se dirigea vers le bord de l'eau. A cinq cents mètres du rivage, des pompes géantes commençaient à aspirer le mazout. Plus près, au milieu de la nappe, on vaporisait des produits chimiques afin de dissoudre la marée noire.

Sakis était anéanti par cette catastrophe inexplicable.

Quand Theo l'appela, il lui résuma la situation le plus

brièvement possible, mais sans rien omettre. Il évoqua même l'éventualité d'un kidnapping, qui ravivait pourtant des mauvais souvenirs chez son frère puisque celui-ci avait été victime d'un enlèvement à l'âge de dix-huit ans.

— Je peux te mettre en contact avec des détectives hors pair, dit ce dernier.

Au fil des années, il s'était constitué un réseau d'experts dans tous les domaines, ce qui faisait de lui un médiateur inestimable pour Pentalidès Inc.

— Nous contrôlons la situation. Mais tu pourrais peut-être détourner l'attention des paparazzi avec un scandale ? ajouta Sakis en plaisantant.

— Hum... Par exemple, me jeter nu du haut du *Christ Rédempteur*, suggéra Theo.

Sakis rit de bon cœur.

— Tu aimes trop Rio pour risquer une interdiction de séjour pour blasphème. Non, ne t'inquiète pas. Pour l'instant, je gère.

— Parfait, alors. Tiens-moi au courant, d'accord ?

Sakis raccrocha après avoir promis à son frère de l'informer régulièrement. Pendant les trois heures qui suivirent, il travailla d'arrache-pied avec l'équipe de pompage, sous un soleil de plomb. Les journalistes accrédités suivaient l'opération depuis un bateau, avec un cameraman.

Lorsque la nuit commença à tomber, on installa d'immenses projecteurs. Vers minuit, une nouvelle équipe arriva pour prendre le relais. Sakis s'apprêtait à quitter les lieux, exténué, lorsqu'il se figea brusquement devant un étonnant spectacle.

A une vingtaine de mètres, Brianna aspergeait la marée noire avec un long tuyau qu'elle balançait d'avant en arrière, à bout de bras. Sakis sauta dans le canot à moteur et se dirigea droit sur elle.

— Posez ce tuyau et venez ici tout de suite ! ordonna-t-il, péremptoire.

— Pardon ?

— Obéissez. Immédiatement.

— Je… Je ne comprends pas, bredouilla-t-elle, l'air sincèrement étonnée.

Une traînée noirâtre s'étalait sur sa joue, son T-shirt et son pantalon étaient recouverts d'une couche visqueuse, mais pas une mèche de cheveux ne s'était échappée de son chignon.

— Il est près de minuit, s'écria-t-il sur un ton irrité. Vous devriez être couchée depuis longtemps.

De l'endroit où il était, légèrement en contrebas, il voyait la silhouette parfaite de la jeune femme se découper dans la lumière.

— Oh ! je n'ai jamais rechigné à faire des heures supplémentaires, monsieur Pentalidès.

— Ce genre de tâche ne rentre pas dans vos attributions.

— J'en ai parfaitement conscience. Mais, si je puis me permettre, le même raisonnement s'applique à vous. Or, vous êtes là.

— En tant que directeur, j'ai le loisir d'agir comme bon me semble. Contrairement à vous.

— Oui, bien sûr, répondit-elle d'un ton égal. Mais j'ai signé une décharge. S'il m'arrive quoi que ce soit, vous n'avez absolument rien à craindre.

Il ne s'était pas attendu à cette réaction. Son irritation monta d'un cran.

— Je me moque éperdument des questions d'assurance ! En revanche, je tiens à avoir demain une assistante fraîche et dispose. Cela fait plus de dix-huit heures que vous êtes debout. A moins d'être douée de pouvoirs extraordinaires, vous avez besoin de sommeil.

Il lui tendit la main, en se demandant d'où venait cet étrange besoin de veiller sur elle.

— Très bien, vous avez gagné, lança-t-elle avec un petit air rebelle.

Elle fit glisser ses longues jambes par-dessus bord et sauta souplement dans le canot. Le mouvement déstabilisa l'embarcation. La jeune femme leva un bras pour rétablir son équilibre au moment où Sakis se retournait. Elle se retrouva collée contre lui, une main sur son épaule tandis qu'il la serrait par la taille.

Une chaleur brûlante l'envahit.

— *Stási* ! lâcha-t-il entre ses dents serrées.

— Je… Je suis désolée, bégaya-t-elle en s'écartant aussitôt.

— Il n'y a pas de mal, murmura-t-il d'une voix mal assurée.

Elle s'assit tout au fond, les bras croisés, et ils ne prononcèrent plus un mot. Mais ses petits seins ronds, terriblement tentants, fascinaient Sakis, qui tâchait à toute force de regarder ailleurs.

En arrivant au rivage, elle accepta son aide pour débarquer. Puis, remarquant son expression bouleversée, il lui en demanda la raison.

— J'ai discuté avec les gens du coin. Cette baie a une importance particulière : c'est une réserve naturelle pour les tortues. Je… Cela me fait mal au cœur pour eux.

— Je m'emploierai à restaurer sa pureté originelle, déclara Sakis.

Un mélange de plaisir et d'étonnement brilla dans les yeux bleus de la jeune femme.

— C'est ce que je leur ai dit.

— Merci, dit-il, touché par son geste.

— On souffre tellement, quand on perd un endroit qu'on aime…

Sakis hocha lentement la tête. La personnalité de Brianna l'intriguait de plus en plus. Elle l'accompagna jusqu'au 4x4, à côté duquel attendait leur chauffeur.

— Je vous ai réservé une suite au Grand Hôtel de Pointe-Noire, expliqua-t-elle. Votre valise est là-bas. Votre ordinateur et vos téléphones sont dans la Jeep. A demain matin, monsieur Pentalidès.

Sakis s'immobilisa, intrigué.

— Vous ne venez pas avec moi ?

— Non.

— Pourquoi ?

— Je ne couche pas à l'hôtel, répondit-elle.

— Où dormez-vous, alors ?

D'un geste de la main, elle lui indiqua une double rangée de tentes au bout de la plage, loin du bruit des machines.

— Pourquoi n'avez-vous pas pris une chambre ? demanda-t-il, étonné.

— Ils n'en avaient plus. La suite qu'on vous a donnée était la dernière, et les autres hôtels sont beaucoup trop loin.

Sakis secoua la tête.

— Allez chercher vos affaires.

— Je serai très bien sous la tente, je vous assure, protesta son assistante.

— Si j'ai une suite, nous pouvons parfaitement la partager.

— Non, merci, monsieur Pentalidès.

— Pourquoi ?

Il vit qu'elle hésitait à répondre.

— Regardez-moi, commanda-t-il alors.

Elle leva vers lui ses grands yeux bleus magnifiques, frangés de longs cils recourbés.

— Je n'ai aucune envie de partager mon espace personnel avec vous. Et… et votre suite ne comporte qu'un lit double, ajouta-t-elle en rosissant.

Sakis songea à toutes les femmes qui se seraient battues pour avoir la chance de passer une nuit dans la même chambre que lui. Puis il pensa à la raison de sa présence ici, avec la meute des journalistes guettant un faux pas, une erreur de sa part. « Tel père, tel fils », commenteraient-ils, impitoyables. Un sentiment de colère et de désespoir monta en lui, avec la même impuissance qu'il avait ressentie lors du kidnapping de Theo, puis lorsque sa mère avait dépéri sous ses yeux, ravagée par la douleur et le scandale.

— Je me moque éperdument de votre « espace personnel ». Ce qui m'importe, c'est d'avoir une assistante performante et efficace, nous en avons déjà discuté. Or, depuis que nous sommes au Congo, vous semblez avoir perdu le sens commun. Je m'interroge donc sur votre capacité à supporter une situation de crise.

— Vous êtes injuste, monsieur, protesta Brianna. Je me suis toujours montrée à la hauteur. Ce n'est pas parce que je suis en désaccord sur un point de détail qu'il faut en tirer des conclusions hâtives.

— Eh bien, cessez de discuter et montez dans la Jeep.

Elle ouvrit la bouche et la referma, plusieurs fois. Dans ses yeux, Sakis reconnut la lueur qu'il avait vue y briller plusieurs fois au cours de cette journée, et qui faisait écho à quelque chose qu'il avait lui-même senti poindre en lui.

— Je… Très bien, je vais chercher mes affaires, consentit-elle enfin.

— C'est inutile.

Il échangea un regard avec le chauffeur, qui se dirigea aussitôt vers les tentes.

— Pendant ce temps, faites-moi un compte rendu de votre action sur internet, ajouta-t-il.

Elle obtempéra avec un soulagement manifeste, comme si se concentrer sur son travail lui permettait d'échapper à un malaise envahissant. Sakis se promit de tirer la situation au clair : il n'était pas question de gaspiller son énergie à supporter des tensions inutiles.

— J'ai retenu six personnes susceptibles de nous être utiles. Premièrement, un professeur de biologie marine en Guinée-Bissau. Ensuite, un couple d'experts dans le domaine de la protection de la nature ; ils sont spécialisés dans les interventions d'urgence en cas de catastrophes, humaine ou naturelle. Enfin, trois volontaires connus pour leur engagement écologique. J'ai soumis leurs profils à notre service de sécurité. Si leurs candidatures sont approuvées, ils pourront prendre l'avion dès demain.

— Je ne suis pas encore convaincu que cette tactique est la bonne, mademoiselle Moneypenny. Parfois, on se rend compte de ses erreurs beaucoup trop tard, quand le mal est déjà fait.

En prononçant ces mots, il pensait à sa mère. Elle avait fini par ne plus s'alimenter du tout et sombrer dans l'alcool, ravagée par le chagrin et le désespoir depuis qu'elle avait découvert que l'homme qu'elle adorait et plaçait sur un piédestal l'avait trahie. Il avait des maîtresses partout, sur la terre entière, et certaines de ses liaisons remontaient même à l'époque de leurs fiançailles…

L'année de ses quinze ans avait été la plus sombre de l'existence de Sakis, celle qui avait vu la confirmation de ses pires craintes : son père ne l'aimait pas et n'aimait personne d'autre que lui-même. De cette époque datait également sa haine des médias, qui avaient claironné dans le monde entier les révélations tapageuses sur la vie privée de son géniteur.

Même si Ari avait encaissé le choc avec un flegme apparent, il avait autant souffert que ses deux cadets, peut-être même davantage. Theo, lui, avait complètement dérapé. Leur mère n'avait jamais su combien de fois il avait fugué, parce qu'Ari l'avait toujours ramené à la maison.

Dans cette atmosphère chaotique, elle avait rapidement perdu pied, sous les yeux de Sakis, impuissant.

Chassant ces souvenirs, il se concentra de nouveau sur l'instant présent. Brianna l'observait sans cacher sa curiosité. Soutenant son regard, il l'obligea à baisser les yeux ; puis, curieusement, il le regretta aussitôt.

— Les journalistes que nous avons sélectionnés ont conscience de leur chance. Ils tiennent un reportage qui fera date dans leur carrière. Je m'assurerai de leur honnêteté intellectuelle. Avec tous les moyens que nous mettons en œuvre, vous n'avez pas à craindre pour la réputation de la Compagnie maritime Pentalidès.

— Vous auriez dû être diplomate, mademoiselle Moneypenny.

Elle haussa les épaules.

— Nous poursuivons tous un rêve secret. Il ne faut pas rater l'occasion lorsqu'elle se présente.

La tentation était trop grande, Sakis ne résista pas :

— Quel est-il ?

— Pardon ?

— Votre rêve secret, quel est-il ?

Elle secoua la tête sans répondre et se dirigea vers le chauffeur qui revenait. Elle lui prit son sac des mains et le rangea dans le coffre. Puis elle s'installa sur la banquette arrière.

Sakis prit son temps et ignora le regard inquiet qu'elle lui lança. Mais au bout d'un moment, juste comme elle commençait à se détendre, il attaqua de nouveau :

— Eh bien ? Vous ne m'avez toujours pas répondu.

— Je… Je veux être reconnue pour mon professionnalisme.

— Vous l'êtes déjà ! dit-il impatiemment. D'ailleurs, votre salaire est à la mesure de vos compétences, non ?

Il était déçu par sa réponse passe-partout. Encore une fois, elle se cachait. Il espérait pourtant en apprendre davantage sur elle, même s'il l'avait lui-même mise en garde contre des relations trop personnelles. Mais, maintenant que leurs rôles étaient bien définis, il ne risquait rien à la connaître un peu mieux, n'est-ce pas ? D'ailleurs, elle était au courant de ses liaisons. Elle réservait les dîners au restaurant, s'occupait même parfois de choisir des petits cadeaux… Il n'y avait pas de mal à rétablir un peu l'équilibre.

— Vous avez un petit ami ? demanda-t-il.

Elle sursauta violemment.

— Je… Comment ? bredouilla-t-elle.

— Il s'agit d'une question très simple. Il suffit de répondre par oui ou par non.

— Je sais bien. Mais… euh… je ne vois pas en quoi cela vous intéresse.

Son agitation fit naître un sourire sur les lèvres de Sakis.

— Considérez cela comme une mise à jour de votre CV.

Il se sentait un peu gêné, à présent, mais il n'allait pas reculer. Oui, le sujet l'intéressait, pourquoi ne pas se l'avouer franchement ? Il voulait savoir si Brianna Moneypenny avait des désirs, comme n'importe quel être humain. Après tout, ce n'était pas un robot. Il l'avait même sentie frémir entre ses bras, sur le canot.

— Votre situation a très bien pu évoluer depuis un an et demi, reprit-il d'un ton désinvolte.

— Donc, vous voulez savoir, d'un point de vue strictement professionnel, si je couche avec quelqu'un ou pas ? lança-t-elle, sarcastique. Vous voulez peut-être aussi connaître ma marque préférée de lingerie et ce que je prends au petit déjeuner ?

Sakis lui sourit. Il assumait son indiscrétion. Après cette journée harassante, il avait besoin de se détendre.

— Je réponds oui à la première question. Pour les deux autres, c'est comme vous voulez.

Brianna redressa le menton.

— Puisque vous vous placez sur un plan purement professionnel… Premièrement, non, je n'ai pas d'amant. Deuxièmement, mes sous-vêtements sont sans intérêt pour un homme comme vous. Troisièmement, j'adore les crêpes au petit déjeuner. Vous êtes content ?

Il devait bien admettre, en son for intérieur, qu'il était ravi. Il observa à la dérobée son profil au nez mutin, sa bouche généreuse et la fossette qui se creusait quand elle se fâchait.

Il se frotta les yeux. Que lui arrivait-il ? La fatigue, sans doute… Un café bien fort ou un whisky l'aiderait à remettre ses idées en place. Parce qu'il n'allait certainement pas céder à l'attirance que cette femme lui inspirait. En aucun cas !

L'hôtel, une grande bâtisse de style colonial, était situé au fond d'un beau parc arboré. Le directeur les accueillit en personne sur le perron. Brianna nota qu'il avait marqué un certain étonnement en la voyant.

— Bienvenue au Grand Hôtel, monsieur Pentalidès. Votre suite est prête. Vous serez bien le seul occupant, n'est-ce pas ?

— Non, nous sommes deux.

— Ah, j'ai sans doute été mal informé. Je regrette de ne pas avoir de suite plus prestigieuse à vous offrir mais, avec le naufrage… c'est-à-dire… la catastrophe, nous avons été pris d'assaut.

Dans l'ascenseur, la tension de Brianna augmenta de façon palpable ; elle atteignit son paroxysme lorsqu'elle constata qu'en réalité la pièce était à peine plus grande qu'une chambre double standard, avec un petit canapé dans un coin salon.

Pendant qu'on déposait leurs bagages, la jeune femme fixait le lit d'un air affolé, comme si un effroyable danger la menaçait. En d'autres circonstances, Sakis aurait éclaté de rire.

Lorsque la porte se referma sur le bagagiste, un lourd silence tomba, chargé de connotations sexuelles que Sakis était déterminé à ignorer.

— Prenez votre douche d'abord, dit-il.

Il refoula énergiquement l'image qui se présenta aussitôt à son esprit.

— Vous êtes sûr ?

— Absolument.

Incapable de maîtriser son impulsion, et au mépris de toute prudence, il s'approcha de son assistante et toucha la marque noire sur sa joue. Elle poussa un son étranglé.

— Vous avez une trace de mazout.

Sourd aux signaux qui se déclenchaient en lui, Sakis se mit à lui frotter la peau ; puis son geste se mua en caresse. Elle recula vivement. Dans ses yeux, le désir se teintait d'une autre émotion : la peur.

Pourquoi ?

Comme avertie par un sixième sens, elle éluda la question avant même qu'il ne la pose :

— Je... Je vais tâcher de faire vite.

Elle disparut dans la salle de bains en claquant la porte.

Theé mou ! Il devait absolument se ressaisir. Pourquoi fallait-il que sa libido se manifeste précisément maintenant, et avec une violence aussi impérieuse ?

Il se raisonna : les moments de crise exacerbaient parfois les sens, et il ne fallait surtout pas céder à des pulsions inopportunes ; parce qu'il le regretterait forcément plus tard.

Il fallait réagir, vite, reprendre le contrôle sur lui-même, ne surtout pas imaginer son assistante en train de se déshabiller, d'ouvrir le robinet d'eau chaude…

Se dirigeant résolument vers le bar, Sakis se versa une rasade de whisky, qu'il but d'un trait, les yeux fixés sur la porte de la salle de bains.

Il ne se passerait rien. Il se l'interdisait.

Comme pour enfoncer le clou, il entendit distinctement la clé tourner dans la serrure.

Il remplit de nouveau son verre.

Brianna s'appuya contre la porte. Incapable de respirer, elle sentit son sac lui glisser des doigts. A l'endroit où Sakis l'avait touchée, sa peau la brûlait.

Non. Non. Non !

La colère lui redonna assez de vigueur pour se débarrasser de ses grosses chaussures et de ses vêtements sales maculés de mazout. Au moment de dégrafer son soutien-gorge, elle aperçut son tatouage dans la glace.

Elle reprit son souffle en s'agrippant au lavabo. *Je refuse de sombrer.* Au long de ses journées les plus lugubres, elle s'était répété cette phrase, une sorte de prière pour se donner du courage et de la force. Après avoir traversé des temps difficiles, dans son enfance mais aussi à l'âge adulte, elle en avait tiré les leçons, dont celle-ci : il ne fallait dépendre de personne pour son bonheur ou son bien-être. Cela ne menait qu'au désespoir et à la désolation.

Pourtant, elle était en train de sombrer dans les yeux verts de Sakis — bon sang ! l'expérience ne lui avait-elle rien appris ? L'intensité des sensations qu'il faisait naître en elle menaçait d'étouffer son bon sens le plus élémentaire.

Elle porta une main sur son cœur, comme si ce geste pouvait suffire à calmer ses battements précipités. Puis elle descendit lentement, au-delà de la cicatrice sur sa hanche, jusqu'à son sexe palpitant. Cela faisait longtemps qu'elle n'avait plus éprouvé un tel désir…

Ses doigts se posèrent de nouveau sur sa cicatrice. Lentement, le calme revint en elle. Il fallait recouvrer son *self-control*, ne pas donner prise à ce qu'elle avait lu dans le regard de Sakis et qui l'effrayait.

Cet homme était redoutable, elle le savait, et il parvenait toujours à son but.

Elle se planta sous la douche. Tout en se lavant, elle reconquit son sang-froid, au moins en apparence. Après s'être séchée vigoureusement, elle enfila un T-shirt propre et un collant de gymnastique qu'elle avait heureusement mis dans ses bagages — il n'était pas question de se promener jambes nues dans la même pièce que Sakis Pentalidès.

Le rouge aux joues, elle se brossa énergiquement les dents, releva ses cheveux en chignon serré et sortit de la salle de bains.

Sakis était sur le balcon, un verre à la main. Les lèvres serrées, il semblait profondément abattu. Repensait-il à la question insolente du journaliste, à propos de son défunt père ? Il manifestait très rarement ses émotions, mais elle avait remarqué sa gêne au moment de répondre. Son père ne lui avait pas laissé de bons souvenirs, semblait-il, et l'adolescent qu'il était au moment des faits avait certainement beaucoup souffert.

De nouveau, elle éprouva une sorte d'élan protecteur. A demi hypnotisée, elle le regarda pousser un long soupir.

« Ne reste pas là ! » l'admonesta une petite voix intérieure. Mais ses pieds refusaient d'obéir. Elle ne bougea pas non plus quand Sakis se tourna vers elle.

Il se redressa, la considéra longuement, de la racine des cheveux jusqu'au bout des orteils, avant de vider le contenu de son verre d'un seul trait.

Brianna était au supplice. Au fond d'elle-même, une tempête la ravageait sans merci. Non ! Il fallait à tout prix réagir.

Elle serra les poings de toutes ses forces, jusqu'à s'enfoncer les ongles dans la chair. Brutalement, elle arracha son regard à celui de Sakis et se dirigea vers le canapé en posant son sac à côté.

— J'ai fini. Vous pouvez y aller.

Un léger tremblement dans sa voix avait trahi son tumulte intérieur. Pour se donner une contenance, elle chercha sa tablette et l'alluma.

Quand Sakis passa devant elle pour poser son verre sur le bar, elle retint son souffle.

Il attrapa sa trousse de toilette.

— Mademoiselle Moneypenny ?

— Oui ? articula-t-elle faiblement.

— Arrêtez de travailler, maintenant.

— Je voulais juste…

— Ne discutez pas, c'est un ordre.

Elle obtempéra et croisa les mains sur ses cuisses.

— Bien. Installez-vous dans le lit. Je dormirai sur le canapé, ajouta-t-il avant d'entrer dans la salle de bains.

Brianna prit une longue inspiration. Pour une fois, elle n'obéirait pas aux consignes de son patron. Elle se leva, déplia le canapé et s'installa dedans en un temps record. Quand la douche s'arrêta de couler, elle était tournée du côté du mur.

Il ne fallait courir aucun risque. Elle ne devait pas donner la moindre prise à l'émotion. Car le désir menait insensiblement à l'amour, dont elle avait tellement manqué qu'elle en rêvait sans relâche…

Cela l'avait menée en prison. Et ce séjour derrière les barreaux avait failli la tuer.

Elle ne sombrerait pas une deuxième fois.

4.

Une bonne odeur de café flottait dans l'air quand Brianna se réveilla. La chambre était vide. Soulagée, elle repoussa le drap et se leva. Quand Sakis était sorti de la salle de bains, la nuit dernière, elle s'était déjà assoupie. Il avait certainement dormi dans le lit, mais toute trace de sa présence avait disparu, jusqu'à sa valise.

Elle commença à lire ses messages en buvant son café. De nouveaux candidats s'étaient manifestés pour participer aux opérations de sauvetage et de nettoyage, mais on était toujours sans nouvelles des membres de l'équipage disparus.

Après une douche rapide, elle enfila un pantalon kaki et un T-shirt beige, puis se coiffa comme d'habitude, avec un chignon très serré.

Elle ne voulait plus repenser aux événements aberrants de la veille, même si elle n'avait rien à craindre : la nature de ses relations avec Sakis n'avait pas changé. Quand la situation de crise serait terminée, ils rentreraient à Londres et tout redeviendrait normal.

Elle enfila une veste vert foncé, attrapa son porte-documents et rejoignit Sakis, qui avait installé son quartier général dans la salle de conférences du rez-de-chaussée. Il était au téléphone. D'un signe de tête, il lui indiqua le buffet installé pour le petit déjeuner. Elle se prépara un toast tartiné de miel, dans lequel elle mordit avec appétit.

— On a réussi à colmater la brèche dans la dernière cale et le pétrolier qui doit opérer le transfert arrivera d'ici quelques heures, annonça Sakis en raccrochant.

— Donc l'épave pourra être remorquée dans les jours prochains ?

Il hocha la tête.

— Lorsque le Bureau international des enquêtes maritimes aura terminé ses investigations, on la ramènera au port du Pirée. Les marins de l'équipage peuvent dès à présent rentrer chez eux si plus personne n'a besoin de les interroger.

— Je m'en occupe tout de suite, dit-elle en essuyant les miettes sur ses doigts.

Le regard de Sakis restait posé sur elle, insistant.

— Vous obéissez au doigt et à l'œil, mais seulement dans le travail, déclara-t-il d'un ton acerbe.

— Pardon ?

— Je vous avais demandé de prendre le lit, hier soir. Vous ne l'avez pas fait.

Elle essaya de détourner les yeux sans y parvenir ; une force magnétique la retenait rivée au regard de son boss.

— Je n'ai pas d'ordres à recevoir de vous en dehors de la sphère professionnelle, monsieur Pentalidès, répondit-elle avec une pointe d'insolence. Une chambre à coucher n'est pas une salle de conférences.

— En effet. C'est d'ailleurs le seul endroit où il m'arrive de… de renoncer à tout contrôler.

Luttant contre les images torrides qui déferlaient en elle, Brianna ramena la conversation sur le plan de la logique.

— Je suis plus petite que vous : il était naturel de refuser votre galanterie pour vous laisser le grand lit.

Il haussa un sourcil, l'air amusé.

— Qui parle de galanterie ?

De plus en plus mal à l'aise, elle toussota.

— Quelles que soient vos raisons, cela ne me semble pas très important.

— En tout cas, cela ne m'aurait pas gêné de coucher sur le canapé.

— Je n'en doute pas. Mais vous n'avez pas le monopole de l'inconfort et des situations douloureuses, monsieur Pentalidès.

Il se raidit.

— Que voulez-vous dire ?

— Eh bien… Vous avez peut-être connu des circonstances difficiles, mais vous aviez au moins une mère qui vous aimait ; ce qui n'est pas le cas de tout le monde.

Dans sa hâte à se tirer d'embarras, Brianna avait conscience de s'être aventurée sur un terrain très glissant. Mais c'était tout ce qu'elle avait trouvé.

Sakis la scruta longuement.

— Il ne faut pas confondre la culpabilité et l'amour ; or, c'est ce que font la plupart des gens.

— Votre mère ne vous aimait pas ? demanda-t-elle, hésitante.

— La faiblesse est pire que tout. Les sentiments ne signifient plus rien quand quelqu'un s'écroule sous le poids de l'adversité.

Décontenancée, Brianna découvrait, pour la deuxième fois en deux jours, une nouvelle facette de Sakis Pentalidès. La personnalité de cet homme recelait des profondeurs insoupçonnées.

— Quelle adversité ?

Il haussa les épaules.

— Ma mère croyait que l'homme qu'elle aimait était incapable d'une mauvaise action. Quand la réalité l'a rattrapée, elle s'est effondrée en abandonnant ses enfants dans la tourmente. J'ai été obligé de me débrouiller seul très tôt.

Elle le croyait sans peine. Elle avait deviné depuis longtemps une volonté d'acier sous la courtoisie raffinée de son employeur. Maintenant qu'elle en savait un peu plus, un puissant courant d'empathie la rapprochait de lui.

Impitoyablement, elle refoula ce qui une nouvelle fois surgissait en elle.

— Merci de cette marque de confiance, dit-elle. En tout cas, j'ai très bien dormi sur le canapé. Nous pouvons peut-être en rester là sur ce sujet ?

— Absolument. D'autant plus que nous n'aurons plus à nous disputer car une chambre vient de se libérer. Je l'ai prise.

Au lieu du soulagement escompté, Brianna éprouva une curieuse pointe de déception.

— Parfait, conclut-elle.

Après le petit déjeuner, ils se rendirent sur les lieux de la catastrophe et travaillèrent au nettoyage. Puis, vers le milieu de l'après-midi, Sakis se fâcha en voyant débarquer une équipe de télévision.

— Nous ne pouvons décemment pas les renvoyer, dit Brianna, essayant de le raisonner. Mais je vais tâcher d'influencer le contenu de leur reportage. Faites-moi confiance.

Elle faillit s'étrangler en prononçant le dernier mot. Avait-elle le droit de parler ainsi alors qu'elle dissimulait à Sakis Pentalidès tout un pan de sa vie ? Mais ce dernier l'empêcha de culpabiliser plus avant en répondant de sa belle voix grave :

— *Efkharisto.* Je ne sais pas ce que je ferais sans vous, mademoiselle Moneypenny. Vous m'êtes devenue totalement indispensable.

Il lui adressa un sourire dévastateur et son cœur se mit à battre la chamade. « Il parle seulement de ton travail, de votre relation professionnelle, lui rappela une petite voix intérieure. N'y vois surtout rien de personnel. »

Hélas, stupidement, une partie d'elle-même voulait croire autre chose. D'ailleurs, Sakis lui-même, consciemment ou non, jouait sur le sous-entendu. Il émit un petit rire qu'elle sentit résonner en elle jusque dans son ventre. Les jambes tremblantes, elle recula en hâte.

— Je… Je vais parler au journaliste de la télévision.

Elle se sauva en courant presque.

Malgré sa panique face à ses réactions émotionnelles incontrôlables, elle mena correctement la négociation. Il n'y aurait aucune interview de marin ; tant que les résultats de l'enquête officielle n'étaient pas connus, personne ne s'exprimerait à titre individuel.

Ensuite, l'entretien de Sakis avec le Bureau des enquêtes maritimes se déroula sans problème. Il avait déjà officiellement assumé ses responsabilités et tout mis en œuvre pour réparer les dégâts. Il accepta sans sourciller de payer l'amende exorbitante qu'on imposait à la Compagnie maritime Pentalidès.

Toutefois, son comportement avec elle manqua totalement de réserve. Pendant toute la durée de la réunion, il ne cessa de se tourner vers elle pour guetter son approbation. Et à plusieurs reprises il lui toucha le bras pour attirer son attention, tantôt pour lui demander un point d'information, tantôt pour lui dire de prendre des notes.

A la fin de la matinée, Brianna était rongée par l'angoisse. Si ses relations professionnelles avec Sakis Pentalidès gagnaient en familiarité, elle allait au-devant de sérieux problèmes…

***

Tout en arpentant la pièce de long en large, Sakis se passa une main nerveuse dans les cheveux. Une colère terrible montait en lui. Les enquêteurs venaient de confirmer l'hypothèse : il s'agissait bien d'une erreur humaine.

Il s'affala dans son fauteuil.

— Le dossier de Morgan Lowell est arrivé ? demanda-t-il à Brianna.

Quand elle s'approcha, il s'efforça de ne pas prêter attention à l'ondulation de ses hanches. Il s'était surveillé toute la journée. En vain. Son désir devenait de plus en plus fort et n'avait plus rien à voir avec la légère attirance qu'il ressentait au début pour son assistante.

Elle lui tendit le document et il remarqua malgré lui la forme délicate de son poignet.

— Que savons-nous de lui ? reprit-il.

— Il est marié, sans enfants, et vit chez ses parents avec sa femme. C'est lui qui subvient aux besoins de la famille. Il travaille chez nous depuis quatre ans, après avoir été commandant dans la Royal Navy.

Sakis feuilleta le dossier et s'arrêta brusquement, étreint par une sensation désagréable.

— Il n'a pris aucun congé depuis trois ans… depuis qu'il est marié, en fait. C'est bizarre, non ?

— Il a peut-être quelque chose à prouver ; ou à cacher.

Surpris, il se redressa pour regarder Brianna droit dans les yeux. Elle s'empourpra violemment en baissant les yeux, visiblement mal à l'aise. La curiosité qu'il avait éprouvée la veille à la vue de son tatouage redoubla.

— Voilà une observation intéressante. Qu'est-ce qui vous fait dire cela ?

Elle se mordit la lèvre.

— Rien de particulier. J'ai parlé sans réfléchir.

— Justement, c'est d'autant plus intéressant. Vous trouvez son comportement suspect ?

Pourquoi était-elle embarrassée ? se demanda Sakis en la voyant se dandiner d'un pied sur l'autre comme une collégienne prise en faute. Avait-elle peur d'en dire trop parce qu'elle parlait d'expérience et ne voulait pas qu'il la questionne sur sa vie privée et son passé ?

— Généralement, les gens appartiennent à l'une ou l'autre catégorie, marmonna-t-elle finalement entre ses dents. Mais le capitaine Lowell fait peut-être partie des deux. Il a peut-être des choses à prouver et à cacher.

— Comment cela ?

Elle secoua la tête sans répondre et il s'impatienta :

— Allons, si vous avez une théorie, exposez-la !

— L'absence du capitaine Lowell et de ses seconds me paraît douteuse. Même si aucun des trois n'était sur le pont quand l'alarme s'est déclenchée, l'un d'entre eux au moins aurait dû se manifester auprès des secours, de nous ou des autorités.

— Vous pensez qu'il s'agit d'un acte délibéré ? demanda Sakis, perplexe.

Il consulta de nouveau le dossier. Sur le papier, le capitaine avait l'air tout à fait fiable et compétent.

Sur le papier.

Mais Sakis était bien placé pour savoir que cette expression ne signifiait pas grand-chose.

Sur le papier, Alexandrou Pentalidès était un homme travailleur et respectable ainsi qu'un excellent père de famille. Tout le monde en était persuadé, jusqu'à ce qu'une maîtresse délaissée monnaye ses confidences auprès d'un journaliste. Ce dernier avait creusé un peu plus et révélé au grand jour la vérité sur la malhonnêteté foncière de son père, tant dans le domaine privé que dans celui des affaires. La honte et la désolation s'étaient alors abattues sur les Pentalidès. Sakis, ses frères et leur mère avaient découvert l'escroc qui se cachait derrière les apparences.

Sur le papier, Giselle paraissait compétente et efficace, jusqu'à ce que Sakis repousse ses avances. Elle avait alors dévoilé une nature perverse et manipulatrice, à la limite de la psychopathie, qui avait menacé un temps la stabilité de l'entreprise.

Sur le papier, on ne pouvait rien apprendre de fiable. Il fallait interroger Lowell en chair et en os, en le regardant droit dans les yeux.

— Nous devons le retrouver, mademoiselle Moneypenny. Par tous les moyens. L'enjeu est capital.

Car la presse se saisirait de l'affaire s'il y avait la moindre fuite.

— Contactez le chef du service de sécurité, poursuivit-il. Qu'il mène une enquête détaillée sur le passé de Lowell.

Elle cilla, presque imperceptiblement, mais Sakis s'en rendit compte.

— Quelque chose ne va pas ?

— Non…

Comme elle restait immobile, les bras croisés, il insista :

— Apparemment, vous n'êtes pas d'accord.

— Ce n'est pas très élégant ni équitable de fouiller dans la vie de quelqu'un simplement à cause d'un vague soupçon.

Sakis fronça les sourcils.

— Vous venez pourtant de suggérer qu'il cachait peut-être quelque chose ? Nous devons donc en avoir le cœur net, non ?

— Sans doute, dit-elle de mauvaise grâce.

— Mais ?

— Il ne faudrait pas risquer de gâcher son existence, ni celle de ses proches, à cause d'un simple pressentiment.

Je regrette de vous avoir mis cette idée en tête parce que ce n'était pas mon intention.

Sakis se leva nerveusement et alla se placer devant la fenêtre.

— Le bien commun exige parfois le sacrifice des intérêts particuliers.

Même si les retombées du scandale l'avaient terriblement affecté, il ne regrettait pas un seul instant d'avoir découvert la vérité sur son père. Cela lui avait appris à ne pas s'arrêter aux apparences. Jamais.

Brianna le regarda droit dans les yeux.

— Vous vous faites l'avocat de méthodes que vous réprouveriez sûrement si vous en étiez victime. Qu'avez-vous ressenti quand vos secrets de famille ont été exposés à la face du monde ?

L'audace de la jeune femme le stupéfia.

— De quel droit vous permettez-vous ce genre d'allusions ? répliqua-t-il d'un ton coupant. Vous n'avez aucune information sur le sujet !

A sa grande surprise, elle ne se démonta pas, bien au contraire.

— Je sais très bien ce qui est arrivé à votre père quand vous étiez adolescent. L'information circule librement sur internet. Et j'ai vu comment vous avez réagi hier à la question du journaliste.

— Je n'ai pas « réagi », comme vous dites.

— J'étais là. Vous étiez extrêmement tendu, déclara-t-elle avec douceur.

Il serra les poings.

— En quoi cela devrait-il m'inciter à faire l'autruche au sujet de Lowell ?

— Puisque vous êtes passé par là...

— Cela n'a aucun rapport, la dit-il sèchement. Contrairement à ce que vous croyez savoir de moi et de ma famille, ce que je découvrirai sur Lowell ne sera pas publié dans la presse ni dans aucun média. Les deux situations ne sont pas comparables.

— Puisque vous le dites… murmura-t-elle en allumant sa tablette.

Sakis se força à rester calme. C'était la troisième fois en vingt-quatre heures que son assistante lui tenait tête, alors que cela ne lui était jamais arrivé. Il aurait dû la remettre à sa place. Malgré tout, elle ne manquait pas de perspicacité. La question du journaliste l'avait effectivement pris de court et profondément irrité.

Il l'observa en silence pendant qu'elle envoyait un mail — au chef de la sécurité, lui expliqua-t-elle.

— Y a-t-il autre chose ? demanda-t-elle quand elle eut terminé.

Il la considéra avec perplexité. Une petite mèche de cheveux s'était échappée de son chignon et il brûlait d'envie de la lisser en arrière.

— Vous me désapprouvez ? questionna-t-il.

Elle pinça les lèvres et sa jolie fossette apparut sur sa joue.

— Chacun a droit au respect de sa vie privée et je déteste ceux qui le piétinent. Mais je comprends votre position. Je vous prie de m'excuser d'être sortie de ma réserve. De toute façon, je vous fais confiance pour que le dossier de Lowell ne tombe pas dans les mains de gens sans scrupules.

Ces derniers mots apaisèrent un peu Sakis.

— L'enquête restera confidentielle. Vous avez ma parole.

Sakis se sentait tout de même désemparé : il n'avait pas à se justifier aux yeux de son assistante mais, curieusement, son avis lui importait.

Quand elle hocha la tête, sa mèche rebelle glissa sur sa nuque et, de nouveau, ses doigts le démangèrent.

— Mademoiselle Moneypenny ?

— Oui ? souffla-t-elle.

Elle avait vraiment des yeux magnifiques. Cette évidence le frappa si fort qu'il avait presque oublié ce qu'il voulait lui dire. Il se ressaisit cependant.

— J'accorde rarement ma confiance, mais je connais la valeur de ce mot. Vous êtes quelqu'un de fiable, sur qui je peux compter et que j'apprécie. Vous m'avez été d'un grand secours pendant ces deux derniers jours particulièrement difficiles. Merci.

Dieu, qu'elle était belle ! Comment ne s'en était-il jamais rendu compte auparavant ?

— Euh… Oui, monsieur Pentalidès.

Etrangement, elle avait pâli un peu. Sans doute était-elle épuisée. Leurs nerfs et leur endurance avaient été mis à rude épreuve. Elle avait besoin de se reposer.

Il eut une grimace embarrassée.

— Nous nous retrouvons dans une situation vraiment inhabituelle… Aussi, vous pouvez m'appeler Sakis.

Elle secoua la tête en ouvrant de grands yeux effarés.

— Non.

Il haussa les sourcils.

— Vous refusez ?

— Je suis désolée, je ne peux pas.

Brusquement, elle bondit sur ses pieds.

— Si vous n'avez plus besoin de moi, je vous dis bonsoir.

— Bonne nuit… Brianna.

Il prononça son nom comme une gourmandise. Elle rosit et sembla hésiter.

— Je préférerais que vous continuiez à m'appeler mademoiselle Moneypenny, dit-elle finalement.

Sakis en fut horriblement vexé. N'importe quelle femme aurait sauté de joie à la perspective d'une intimité plus grande avec lui ; sauf elle…

— Très bien, mademoiselle Moneypenny. A demain matin.

Il la regarda s'éloigner à regret, de sa démarche ondulante, que soulignait délicieusement son pantalon de toile. Puis il sortit sur la terrasse respirer un peu d'air frais.

Une heure plus tard, l'aiguillon du désir le tenaillait encore quand le téléphone sonna. Il rentra précipitamment pour répondre.

La conversation ne dura pas très longtemps, mais il poussa un chapelet de jurons quand il raccrocha.

5.

Brianna était revenue dans sa chambre depuis une heure, et pourtant son cœur tambourinait toujours aussi fort. Qu'est-ce qui lui avait pris de s'aventurer une nouvelle fois sur un terrain ô combien miné avec son employeur ? Voulait-elle vraiment qu'il découvre la vérité et la licencie ?

Quand on frappa à la porte, elle ne répondit pas. Mais la seconde fois, impérieuse, l'obligea à réagir. Plaquant un masque indifférent sur son visage, elle soupira pour relâcher la tension de ses épaules.

Le sujet récurrent de ses pensées se tenait sur le seuil, la mine sombre.

— Que se passe-t-il, monsieur Pentalidès ?

Une inquiétude sourde l'envahit, menaçant son sang-froid et son assurance.

— Vous n'êtes pas encore couchée : parfait ! Le pilote prépare l'hélicoptère. Nous décollons dans un quart d'heure.

— Nous partons ? lança-t-elle, stupéfaite.

— Oui. Mon jet nous attend à l'aéroport. J'ai une réunion d'urgence demain matin à Londres.

— Nous retournons à Londres ! Mais… pourquoi ?

Deux plis amers se creusèrent au coin de la bouche de son patron.

— Apparemment, le désastre attire les vautours.

— Vous parlez des médias ?

— Non. Nos concurrents profitent de notre fragilité et s'enhardissent.

— Le cours des actions a pourtant commencé à remonter à la Bourse, après le plongeon initial, objecta-t-elle en sortant son sac de voyage.

— Une offre de rachat nous porterait un nouveau coup. Ils comptent là-dessus. Surtout que les deux sociétés concernées annoncent en même temps une fusion.

Elle s'éclipsa dans la salle de bains pour chercher sa trousse de toilette.

— De qui s'agit-il ? lança-t-elle en haussant la voix.

— Moorecroft Oil et Landers Petroleum.

Se détournant à ce moment-là pour répondre à la sonnerie insistante de son portable, il ne vit pas sa réaction. Elle avait dû blêmir d'un seul coup car elle était faible, au bord de l'évanouissement, les jambes en coton.

Ce n'était pas possible…

Non, la coïncidence était trop improbable. Il ne pouvait pas s'agir de son ex. Après tout, Landers était un nom très répandu. D'ailleurs, Greg dirigeait une entreprise de gaz, à l'époque où elle travaillait pour lui ; avant la malversation qui avait causé sa faillite. Elle ferma les yeux. De toute façon, Greg Landers n'avait certainement pas les moyens de s'attaquer à un géant comme Pentalidès Inc.

— Il faut…

Sakis s'interrompit et elle rouvrit aussitôt les paupières.

— Mademoiselle Moneypenny, qu'y a-t-il ?

« Pour l'amour du ciel, ressaisis-toi ! » lui hurlait la voix de la raison. Le cœur battant, la bouche sèche, Brianna s'obligea à respirer profondément.

— Rien. C'est… sans doute la chaleur.

Les traits de son boss se radoucirent un instant.

— Sans parler du manque de sommeil. Je suis confus

de vous avoir imposé ce rythme infernal. Vous dormirez dans l'avion.

Elle lui tendit son sac. Leurs doigts se touchèrent et elle recula vivement, électrisée par ce contact. La gorge nouée, elle lui emboîta le pas.

— Ne vous inquiétez pas, dit-elle, ce n'est sans doute qu'une fausse alerte, une rumeur comme il y en a souvent sur les marchés financiers. Je me renseignerai sur les deux sociétés en question pendant le voyage.

Pour elle, il était capital de savoir si Greg avait quelque chose à voir dans cette histoire. Mais il lui fallait éviter d'attirer l'attention sur elle, garder le silence sur la manière dont elle avait été manipulée. Fragilisée par un immense besoin d'amour, elle était tombée dans un piège sans se rendre compte de rien. Sakis Pentalidès croirait-il à tant de candeur et d'ingénuité ?

La boule au ventre, elle était morte d'angoisse lorsqu'ils arrivèrent à l'aéroport Agostinho-Neto.

Elle risquait de tout perdre.

Elle frémit à cette pensée et trébucha en parcourant les quelques mètres qui la séparaient de la passerelle. Sakis la rattrapa par le bras pour l'aider à rétablir son équilibre. Puis il la prit fermement par le poignet. Troublée, Brianna essaya de se dégager, mais il la soutint jusqu'à l'intérieur.

Le steward ferma la porte et l'appareil commença son roulage.

— Bouclez votre ceinture, ordonna Sakis. Nous irons nous coucher tout de suite après le décollage.

Elle sursauta.

— Pardon ?

Il s'installa en face d'elle avec un sourire moqueur, en posant son téléphone sur la tablette.

— Avec le décalage horaire, nous ne pouvons pas faire grand-chose. C'est le milieu de la nuit, à Londres.

— Je peux malgré tout effectuer quelques recherches sur le Net…

Il secoua la tête.

— J'ai déjà quelqu'un qui s'en occupe. Vous avez besoin de dormir. Je…

— Cessez de me traiter comme une fleur fragile ! s'exclama-t-elle. Et laissez-moi faire mon travail.

Il plissa les yeux, apparemment désarçonné par sa virulente sortie.

— Je vous demande pardon ? répliqua-t-il, glacial soudain.

Poussée par un mélange de peur et de colère, Brianna se pencha vers lui, tout près. La pensée que Greg puisse resurgir dans sa vie lui donnait la force de surmonter son trouble et de s'affirmer. Elle avait consenti trop de sacrifices pour voir ses efforts réduits à néant. A présent, elle n'avait plus besoin d'amour et pouvait vivre sans. Mais elle ne supporterait pas que son passé soit révélé à Sakis Pentalidès.

— Vous vous trompez si vous croyez que le manque de sommeil m'empêche de fonctionner normalement, expliqua-t-elle.

Une alarme intérieure l'avertit de ne pas aller plus avant dans les sujets personnels, mais ce fut plus fort qu'elle, les mots sortirent presque tout seuls :

— J'ai vécu dans des endroits horribles, où je ne pouvais dormir que d'un œil si je tenais à ma sécurité. Alors arrêtez de me considérer comme une princesse délicate qui risque de tomber en miettes au moindre choc.

— Quand avez-vous vécu cela ? demanda Sakis, l'air stupéfait.

Des souvenirs de squats nauséabonds et d'épaves humaines affleurèrent à la mémoire de Brianna, qui les repoussa vigoureusement.

— Cela n'a pas d'importance.

— Je ne suis pas d'accord.

— C'était il y a très longtemps, monsieur Pentalidès.

— Sakis, dit-il, avec un mélange de gentillesse et de gravité qui la fit frissonner.

Elle secoua la tête.

— Je n'ai pas eu une enfance heureuse, mais je m'en suis sortie.

— Vous étiez orpheline ?

— Non, mais cela aurait mieux valu.

Comment sa mère junkie, qui n'était déjà pas capable de s'assumer elle-même, aurait-elle pu s'occuper d'un enfant ? Les larmes aux yeux, Brianna cilla rapidement ; hélas, elle lut dans le regard de Sakis que son émotion ne lui avait pas échappé.

— Vous avez envie d'en parler ? demanda-t-il doucement.

— Non.

Elle avait conscience d'en avoir déjà trop dit. Sakis hocha la tête et détacha sa ceinture.

— En dépit de vos protestations, il faut vous reposer.

Il lui tendit la main ; elle jugea préférable d'obtempérer.

— Vous aussi, alors, fit-elle.

Le visage de Sakis s'éclaira d'un sourire dévastateur.

— C'était bien mon intention, depuis le début. Même un surhomme comme moi a besoin de sommeil, dit-il.

— Quel soulagement de l'apprendre, pour une simple mortelle comme moi ! lança-t-elle en riant.

Une vague de chaleur l'inonda quand, la prenant par la taille, il la guida jusqu'à la chambre située à l'arrière, en face de la sienne.

— Loin de moi l'idée de vous considérer comme une simple mortelle, mademoiselle Moneypenny. Vous êtes une femme exceptionnelle, dotée d'une intégrité qui fait malheureusement défaut à beaucoup.

Elle se tourna vers lui, plus émue et bouleversée qu'elle ne voulait bien le laisser paraître — et qu'elle n'aurait voulu l'être !

— Et vous, monsieur Pentalidès, vous vous conduisez d'une manière exemplaire dans cette catastrophe, avec une probité dont peu de gens seraient capables.

Elle rougit quand Sakis fixa ses lèvres.

— Hum… Quel bel élan d'admiration réciproque ! s'exclama-t-il.

Une lueur brillait au fond de ses yeux verts. Elle retint son souffle et, affolée, chercha à tâtons dans son dos la poignée de la porte.

— Je voulais juste souligner que je ne vous arrive pas à la cheville. J'accomplis mon travail consciencieusement, c'est tout.

— Permettez-moi de ne pas être du même avis.

Les seins de Brianna durcirent soudain lorsque les doigts de Sakis glissèrent le long de son bras et se posèrent sur les siens. Tout en tournant la poignée, il ajouta :

— Quand la situation aura repris un cours normal, je vous prouverai toute l'importance que vous avez pour moi.

Derrière elle, la porte s'ouvrit. Brianna chancela légèrement.

— Oh ! je… ce ne sera pas la peine, bredouilla-t-elle.

Avec un sourire, Sakis s'accouda au chambranle. Elle se demanda s'il avait envie d'entrer, s'il combattait cette pulsion ou si, au contraire, il s'en moquait éperdument.

— A votre place, dit-il, n'importe qui sauterait de joie à l'idée de recevoir une gratification.

— J'ai la chance de seconder l'un des chefs d'entreprise les plus novateurs du monde. C'est déjà une magnifique récompense en soi.

— Attention, mon ego est en train d'enfler démesurément, répondit-il.

— Votre ego, vraiment ? murmura-t-elle, hypnotisée par le mouvement de ses lèvres sensuelles.

Soudain, elle se rendit compte du double sens possible de ses paroles, en voyant le regard de Sakis s'attarder un instant sur le lit derrière eux. Elle retint sa respiration.

— *Kalispera*, Brianna, chuchota-t-il.

Puis, se détournant abruptement, il disparut dans sa propre chambre.

Les jambes en coton, Brianna se laissa tomber sur le lit. Elle tremblait comme une feuille.

Oui, elle plaisait à Sakis Pentalidès, elle n'aurait pas la naïveté de se voiler la face. Cette bombe à retardement menaçait d'exploser à tout moment. Elle devait la désamorcer avant que l'impensable ne se produise. Peut-être les choses reviendraient-elles d'elles-mêmes à la normalité quand ils se retrouveraient en terrain familier ?

Il le fallait. Sinon…

La pensée de ce qui pourrait arriver la terrifiait.

Sakis prit une douche froide en poussant un chapelet de jurons. *Theos !* Il n'avait jamais prononcé autant de grossièretés en quarante-huit heures !

Il avait une envie irrépressible de faire l'amour avec Brianna Moneypenny. S'il s'écoutait, il se précipiterait à côté pour lui arracher ses vêtements et assouvir ses pulsions débridées.

Il frappa du plat de la paume sur les carreaux en céramique. Serrant les dents, il poussa un long soupir, presque un gémissement. Il était stressé et ne supportait plus la frustration sexuelle que lui imposaient plusieurs mois de célibat. Mais, pour l'instant, des affaires plus urgentes réclamaient son attention. Il fallait d'abord régler les problèmes à Pointe-Noire et éloigner le danger de rachat qui pesait sur sa compagnie.

Dès que son assistante et lui se retrouveraient en terrain familier, au bureau, les choses reprendraient probablement d'elles-mêmes un cours normal.

Il imposa silence à la petite voix moqueuse qui s'élevait au fond de lui et affirmait qu'il n'en serait sans doute rien…

Assise sur son lit dans sa cabine de luxe, Brianna contemplait par le hublot le tapis de nuages blancs éclairés par la lune. Elle avait laissé sa tablette dans une valise que le steward avait portée dans la chambre de Sakis. A moins de frapper à sa porte pour la lui demander, elle n'avait pas d'autre solution que de s'abandonner à l'angoisse en redoutant ce qui l'attendait à Londres.

Sakis étrillerait ses adversaires, elle n'avait aucun doute là-dessus. Il possédait assez d'expérience et de savoir-faire pour ne pas se laisser prendre de court, et la société familiale comptait tellement pour lui que celui qui la lui soustrairait n'était sans doute pas encore né.

Malgré tout, Greg Landers, tout aussi impitoyable, était en plus malhonnête. Elle n'osait penser au chaos qu'il était capable de provoquer…

Brianna posa la main sur les mots tatoués sur son épaule. Greg avait déjà réussi une fois à la priver de ses moyens de subsistance ; et il avait failli détruire son âme. Elle ne pourrait pas dormir avant de s'assurer qu'il ne constituait pas une menace pour Sakis — ou pour elle. A priori, elle n'avait rien à craindre personnellement. Il n'avait aucune raison de l'inquiéter, ni même de rechercher sa trace. Il n'imaginait certainement pas qu'elle avait remonté la pente.

Et elle tenait à rester dans l'ombre. Pendant un temps, elle avait rêvé de se venger. C'était bien naturel après avoir moisi injustement dans une cellule de deux mètres sur trois, partagée entre la peur et le découragement. Ensuite, l'envie de vengeance était retombée petit à petit.

Aujourd'hui, elle se satisfaisait d'être Brianna Moneypenny, assistante de Sakis Pentalidès, l'homme le plus dynamique, séduisant et intelligent qu'elle avait jamais rencontré. Un homme qu'elle avait malheureusement eu envie d'embrasser plusieurs fois au cours des dernières quarante-huit heures…

Elle appuya le bout des doigts sur le tatouage. Non ! Elle n'avait pas le droit, c'était impensable.

Rien n'avait changé.

Rien ne pouvait changer.

Les membres du conseil étaient réunis au grand complet dans l'immense salle de conférences du 50e étage de l'une des Pentalidès Towers. A travers les baies vitrées du gratte-ciel futuriste construit au bord de la Tamise, on avait une vue imprenable sur Londres.

Sakis arriva à 7 heures précises. Il salua d'un signe de tête non seulement les hommes assis autour de la table, mais aussi les trois associés reliés à eux par visioconférence.

Brianna l'escortait le cœur battant. Elle ignorait ce que contenaient les dossiers placés bien en vue devant chaque participant, qui renfermaient la réponse à l'interrogation qui la tourmentait : Greg Landers était-il ou non derrière l'opération de rachat du groupe Pentalidès ?

Apercevant un exemplaire du document posé sur une console, contre un mur, elle s'en approcha.

— Votre présence ne sera pas nécessaire, mademoiselle

Moneypenny. Retournez à votre bureau, je vous verrai après la réunion.

Elle avait interrompu son mouvement, et son corps s'était un peu plus crispé encore.

— Mais… Vous êtes sûr ? Je…

Sakis darda sur elle un regard polaire.

— Je vous ai déjà dit combien vous m'êtes précieuse. N'en faites pas trop ; sinon, je risquerais de me poser des questions…

Etait-ce une menace ? se demanda-t-elle confusément, perdue. Elle ne comprenait rien à ce brusque changement d'attitude : son boss n'était plus le même depuis qu'il était sorti de sa cabine, juste avant l'atterrissage du jet. Une expression glaciale avait remplacé l'énergie sexuelle qui émanait de lui quelques heures plus tôt…

Elle aurait dû en être soulagée : finalement, tout redevenait normal, comme elle l'espérait. Pourtant, elle en avait été déçue. Et surtout elle avait peur, à présent.

Sakis savait-il ? Avait-il découvert la vérité sur son passé ? Connaissait-il son terrible secret ? Elle scruta son visage impénétrable.

Non, il ne savait rien. Impossible.

Elle avait effacé toutes ses traces avec une prudence minutieuse, et dépensé jusqu'à son dernier penny pour s'assurer que rien, aucun détail, ne pourrait jamais la trahir.

Malgré tout, l'inquiétude lui nouait la gorge.

— Vous « poser des questions » ? Je… Je ne comprends pas ce que vous voulez dire.

— Rien de particulier. Allez faire le point sur la situation à Pointe-Noire. Que les médias rendent compte des efforts que nous avons déployés. Et je ne veux pas de fuite sur les tractations boursières.

Elle glissa un coup d'œil furtif sur le dossier marqué « Confidentiel », puis se força à regarder Sakis bien en face.

— Très bien, monsieur.

— Parfait. A plus tard.

Quand la porte électronique se referma sur lui, Brianna se sentit exclue, presque abandonnée.

« Il n'est pas en train de te mettre à l'écart. Il veut simplement gérer seul un problème délicat », se dit-elle pour se remonter le moral.

Néanmoins, elle ne pouvait pas s'empêcher d'éprouver de terribles craintes. Pour se calmer, elle se jeta dans le travail.

— Je n'ai reçu aucun message de vous, mademoiselle Moneypenny, fit la voix de Sakis dans le haut-parleur de son téléphone de bureau.

— Parce que tout se passe bien, monsieur. Je suis vos directives sans rencontrer de problème.

— Bien.

Brianna ravala la question qui lui brûlait les lèvres et la taraudait depuis des heures : « Greg Landers est-il le directeur de la société qui veut racheter la Compagnie maritime Pentalidès ? »

— Faites-moi tout de même un compte rendu, reprit son patron.

— On s'apprête à remorquer le navire échoué. D'après le chef de l'équipe de sauvetage, le biologiste que nous avons recruté s'avère d'excellent conseil. Nous avons marqué des points.

— Grâce à vous.

— Merci, murmura-t-elle, agréablement flattée. La campagne sur les réseaux sociaux a gagné presque un million de suiveurs et le blog connaît un succès grandissant.

— Je suis content d'avoir suivi votre avis. Cela nous

a probablement évité de mauvais articles dans la presse à scandale.

— Tant mieux. Je suis très attachée à l'entreprise, déclara-t-elle. Je tiens à sa bonne réputation.

— Pourquoi ?

— Vous… Vous m'avez donné ma chance quand tout allait mal pour moi. Vous m'avez choisie parmi une centaine de candidates de valeur. Je ne l'oublierai jamais.

— Ne vous dévalorisez pas, Brianna. Je n'ai pas tiré votre nom au sort dans un chapeau.

Elle adorait la façon qu'il avait de prononcer son prénom et n'eut pas envie de le reprendre.

— Merci, monsieur Pentalidès.

— Sakis !

— Je… Non.

— Vous finirez bien par m'appeler Sakis.

Elle ferma les paupières et s'obligea à respirer calmement.

— Comment se passe la réunion ?

— Nous avons identifié nos adversaires les plus dangereux. J'ai lancé des signaux d'alarme. Soit ils s'en tiennent là, soit je leur déclare la guerre.

Il semblait presque content de cette occasion d'affirmer son autorité. Sakis Pentalidès était un homme combatif, qui aimait se dépasser dans la lutte. Sa passion du sport en témoignait.

Il devait être tout aussi passionné en amour…

Rejetant immédiatement cette pensée, Brianna prêta de nouveau l'oreille à ce qu'il lui disait.

— A-t-on des nouvelles du capitaine et des deux hommes manquants ?

— Non, rien. Nous allons élargir les paramètres de recherche.

— Si la femme de Lowell appelle, vous me la passerez directement.

— D'accord.

Elle raccrocha très vite, avant de poser des questions qui trahiraient ses craintes.

A 18 heures, le chef étoilé du restaurant d'entreprise passa pour lui demander si elle dînerait sur place. Elle secoua la tête en massant sa nuque endolorie.

— Merci, Tom. J'ai besoin de faire du sport. Je mangerai tard. Je me débrouillerai.

Emportant sa tablette et son téléphone portable, Brianna prit l'ascenseur jusqu'au 60e étage, où se situaient les luxueux appartements de Sakis. Ils comprenaient quatre suites indépendantes, plus deux autres qui communiquaient entre elles : la sienne propre et celle qu'elle-même utilisait quand elle dormait sur place.

Elle coupa par l'appartement de Sakis, dont elle aimait particulièrement le modernisme. Par les fenêtres, l'Opéra illuminé brillait de tous ses feux ; on voyait également la grande roue London Eye et la célèbre Oxo Tower. Devant une cheminée imposante, plusieurs canapés gris ardoise étaient disposés autour d'un tapis de mérinos qui recouvrait le sol de marbre.

Aux murs et sur des sellettes étaient exposés objets de collection et tableaux de maître. Sakis s'enorgueillissait surtout de deux katanas ayant appartenu à d'authentiques samouraïs et d'une peinture du Douanier Rousseau, que plusieurs galeries avaient déjà empruntée pour des expositions.

Sur la terrasse, la piscine miroitait à la lumière. Tout en bas, le ruban de la Tamise serpentait sous des ponts séculaires.

En franchissant le seuil de sa suite, Brianna sentit son cœur se serrer. Elle risquait de perdre ce somptueux refuge si Sakis apprenait qui elle était réellement. Mais elle se battrait pied à pied afin de préserver ce qu'elle avait patiemment réussi à regagner sur sa vie d'avant. Greg ne gagnerait pas une deuxième fois.

Dans sa chambre, pourvue d'une garde-robe complète, elle revêtit un short en Lycra et un T-shirt à bretelles. Puis elle se rendit dans la salle de sport.

Elle courut une demi-heure sur le tapis, jusqu'à ressentir l'effet bienfaisant des endorphines. Ensuite, elle passa au vélo elliptique. Elle était en train de faire des étirements quand Sakis arriva.

En la voyant, il s'immobilisa. Leurs regards se croisèrent dans la glace. Puis il la détailla longuement tandis qu'elle retenait son souffle, une jambe repliée sur la poitrine.

— Continuez, je ne veux pas vous interrompre, lança-t-il en sortant une bouteille d'eau du frigo.

Sans cesser de la regarder, il but au goulot. Rassemblant tout le *self-control* dont elle était capable, Brianna reposa son pied droit et croisa les doigts sur son genou gauche. Elle n'avait jamais eu autant conscience de transpirer. Malgré son cœur qui tambourinait dans sa poitrine, elle poursuivit ses mouvements. Elle écarta les cuisses et se pencha alternativement très loin en avant, de chaque côté.

Un son étranglé s'échappa de la gorge de Sakis.

N'y tenant plus, elle se releva et alla elle aussi se chercher une bouteille d'eau.

— Le conseil d'administration s'est bien terminé ? demanda-t-elle.

Sakis retira sa cravate, la roula en boule et la fourra dans sa poche de pantalon.

— Je ne doutais pas de découvrir quelques points faibles chez l'ennemi. Tout le monde a un secret honteux, Brianna, un cadavre caché dans le placard. Les Pentalidès ne sont pas les seuls.

Elle retint sa respiration.

— Qu'avez-vous trouvé ?

— Rien que de très banal, malheureusement. Des livres de comptes falsifiés, des histoires de fausses factures…

— Vous… vous parlez de Landers Petroleum ?

— Non. C'est du menu fretin comparé à Moorecroft Oil, je ne me suis pas encore intéressé à eux. A mon avis, ils se sont contentés de prendre le train en marche. En attendant, Moorecroft aurait dû balayer devant sa porte avant de jeter son dévolu sur mon entreprise. Dès demain matin, Richard Moorecroft, leur PDG, recevra la visite d'un inspecteur des finances et devra répondre à quelques questions épineuses.

— Et… la menace sera définitivement écartée ?

— Cela dépend. S'ils ne lâchent pas prise, nous frapperons plus fort.

Tout en parlant, il avait commencé à déboutonner sa chemise, à la grande stupéfaction de Brianna.

— Mais… qu'est-ce que vous faites ? s'écria-t-elle.

Elle serra les doigts tellement fort autour de sa bouteille qu'elle l'écrasa, dans un grand bruit de plastique froissé.

— Je suis votre exemple, je me déshabille. Cela vous gêne ?

— Ce… Ce n'est pas la première fois.

— Vous ne répondez pas à ma question.

Envahie par un désir irrépressible, Brianna chancela sur ses jambes, tandis qu'une boule de feu se formait dans son ventre.

— Peu importe. Je… j'étais invisible, vous ne faisiez pas attention à moi.

— La situation a changé, déclara-t-il en s'approchant. A présent, je vous vois. Clairement.

Il tendit la main pour effleurer les pointes dressées de ses seins et elle ne put retenir une exclamation rauque.

— Vous m'enivrez, murmura-t-il. Comme la promesse d'un bon vin, avant même la première gorgée.

La raison commandait à Brianna de réagir tout de suite.

— Je ne connais pas cette sensation, bégaya-t-elle en cherchant à gagner du temps. Je ne bois pas.

C'était une autre des résolutions impitoyables qu'elle avait prises depuis Greg. La veille de sa dégringolade, il lui avait fait boire tellement de champagne qu'elle n'avait plus su où elle en était.

— Vous n'avez vraiment aucun vice, mademoiselle Moneypenny ?

— Rien que j'aie envie de divulguer, répliqua-t-elle sans réfléchir.

Il se mit à rire.

— Décidément, vous m'intriguez…

Il caressa ses lèvres du regard, en entrouvrant les siennes, et s'avança plus près. Tout près…

« Réagis, Brianna ! » lui hurla la part cartésienne d'elle-même.

Juste au moment où ses pieds se décidaient enfin à obéir à son cerveau, Sakis la rattrapa par la taille et la serra contre lui. Puis il lui prit le menton entre le pouce et l'index pour l'obliger à lever la tête. Une détermination farouche brillait dans ses yeux verts, effrayante et excitante à la fois.

— Je vais vous embrasser, Brianna, même si ce n'est pas du tout raisonnable.

— Alors, il ne faut pas, l'implora-t-elle, sur un ton bien peu convaincant.

— C'est plus fort que moi.

— Monsieur Pentalidès…

— Sakis. Dites-le. Dites mon prénom.

Elle secoua la tête.

— Vous recommencez, la gronda-t-il en plaisantant.

— A quoi faire ?

— A désobéir.

— Nous ne sommes pas dans votre bureau.

— Raison de plus pour abandonner les formules de politesse comme « monsieur Pentalidès ».

— Non, protesta-t-elle en luttant désespérément contre les sensations qui l'envahissaient.

Il la coinça contre le mur en se pressant contre elle.

— Vous changerez bientôt d'avis, affirma-t-il.

— N'y comptez pas, j'ai des principes !

Déjà, il traçait du bout de la langue le dessin de sa lèvre inférieure, très délicatement, en l'effleurant à peine. Elle se mit à frissonner.

— Vraiment ? railla-t-il.

— Oui. Je refuse de m'impliquer dans une relation personnelle avec mon patron.

— Vous n'avez pas tort, chuchota-t-il contre sa bouche.

— Dans ce cas, arrêtez !

— Pourquoi ? Ce n'est rien de sérieux. Juste une petite récréation. Nous nous inquiéterons seulement si nous n'arrivons pas à gérer la suite.

Brianna essaya de réfléchir calmement. Après tout, Sakis avait peut-être raison. Etait-ce si terrible de lui accorder un baiser ?

— Quelle suite ? bredouilla-t-elle, l'esprit encore confus.

— Le retour à la normale. Vous redeviendrez mon assistante dévouée, et moi, votre patron exigeant.

— Nous pouvons aussi oublier l'incident tout de suite et faire comme si de rien n'était.

— Ce n'est pas mon style. Je déteste les gens qui font semblant.

Brianna vibra. Son pouls battait à un rythme exalté. Sakis raffermit la pression de ses mains autour de sa taille et sa bouche s'approcha encore un peu de la sienne.

— L'idée de vous embrasser m'obsède depuis plusieurs jours, reprit-il. Je vous mentirais si je prétendais le contraire. D'ailleurs, vous en avez autant envie que moi et vous n'êtes pas non plus du genre à vous mettre un bandeau sur les yeux. C'est bien pour cela, entre autres, que je vous apprécie.

Il prit ses lèvres avec une impétuosité sauvage, qui annihila en Brianna toute velléité de résistance.

Heureusement, car ses paroles avaient suscité un élan de sincérité qu'elle aurait été incapable d'endiguer : s'il ne l'avait pas embrassée, elle lui aurait dévoilé en toute franchise qui elle était réellement…

6.

Un gémissement s'échappa de la gorge de Brianna, auquel Sakis répondit par un soupir rauque.

Theos ! Après le portrait que Giselle avait fait de lui au tribunal et devant les médias, il s'était juré qu'on ne l'y reprendrait plus. Mais il ne pouvait pas continuer à s'aveugler : il était en train de tomber sous le charme de Brianna Moneypenny. Sexy, séduisante, intelligente, elle possédait un corps de rêve, souple comme une liane.

Et sa bouche ! Ses baisers délicieux avaient un goût de miel sauvage. Il la désirait avec une intensité troublante. Elle l'envoûtait et il l'imaginait déjà complètement nue, étendue sous ses caresses…

Elle poussa un petit cri. Etait-il trop brutal, trop impatient ? Malgré les signaux d'alarme que lui envoyait son cerveau, il avait du mal à se maîtriser. Maintenant qu'il avait goûté à elle, il ne pourrait pas revenir en arrière.

Il la pressa rudement contre lui en insinuant le genou entre ses cuisses. Mais ce n'était pas assez. Il chercha ses seins pour en sentir les pointes dures entre ses doigts. Le sang se mit à battre à ses tempes à l'idée de les tenir entre ses lèvres.

Lorsque Brianna posa les mains sur ses épaules et enfonça les ongles dans sa chair, il perdit complètement la tête.

Que lui arrivait-il ? Jamais il ne s'était égaré à ce point.

Pourtant, il avait une vie sexuelle intense et sa virilité s'enorgueillissait d'une libido particulièrement active. Mais avec aucune de ses nombreuses conquêtes il n'avait connu une telle urgence, complètement débridée.

Alors qu'ils commençaient à peine à s'embrasser…

Elle enfouit les doigts dans ses cheveux, et il lui fallut quelques secondes pour comprendre qu'elle ne partageait pas vraiment son ardeur. Au contraire, elle le tirait en arrière. Et, de son autre main, elle le repoussait.

— Non ! lâcha-t-elle d'une voix étouffée.

Prenant enfin conscience de ce qui se passait, il s'écarta en chancelant, ahuri.

Les lèvres gonflées, Brianna paraissait effrayée. Il se maudit pour sa brutalité. Il se comportait comme un barbare ! Serrant les poings, il recula, le souffle court.

— Ça suffit, non ? déclara-t-elle d'une voix à peine audible.

Sakis, qui pensait tout le contraire, ne pouvait guère protester sans passer pour un fou.

Oui, c'était de la folie…

Car son désir exacerbé le maintenait sur des charbons ardents. Il n'aurait qu'à téléphoner à l'une ou l'autre de ses anciennes maîtresses, qui seraient toutes ravies d'un regain d'attention. Pourtant, il ne voulait pas ressembler à son défunt père, qui avait disposé des femmes à son gré sans se soucier du mal qu'il causait autour de lui.

Il hocha la tête.

— Vous avez raison.

Il se passa la main dans les cheveux.

— Mettons cela sur le compte du stress des derniers jours, reprit-il.

— C'est votre manière habituelle d'évacuer le stress ? demanda Brianna.

Il esquissa un sourire tendu et aperçut son reflet dans

la glace. *Theos*, il y avait de quoi avoir peur… Il paraissait hors de lui. Il lui tourna le dos et se força à calmer sa respiration.

— Non. D'ordinaire, je vais courir au parc ou je fais du rameur. L'exercice physique m'aide à surmonter les moments de tension.

— Ah… Je me suis trouvée là au mauvais moment, on dirait. Je vous laisse.

Comme il ne répondait pas, elle s'adressa de nouveau à lui.

— Monsieur Pentalidès ?

Un peu agacé par son affectation, il se tourna vers elle.

— Ne vous inquiétez pas, mademoiselle Moneypenny, il n'y a rien de changé entre nous. C'était très agréable, mais nous en resterons là. Le conseil d'administration reprend sa séance demain matin. Je vous verrai au bureau à 7 heures et demie.

— Très bien. Bonsoir, monsieur…

— *Kali nichta* ! dit-il, sans être vraiment sûr d'avoir envie qu'elle passe une « bonne nuit ».

Il ramassa sa chemise. Après ce qui s'était passé, il n'était plus question de rester dans la salle de sport. Il irait plutôt à la piscine.

Brianna passa devant lui, laissant dans son sillage un curieux mélange d'effluves — un parfum de lys qui se mêlait à d'enivrantes odeurs corporelles. Instantanément, son désir se raviva et Sakis la suivit des yeux pendant qu'elle s'éloignait de sa démarche souple et gracieuse, en balançant les hanches.

Au bout de quelques minutes, il se rendit compte qu'il était tout seul, les yeux dans le vague. La situation ne s'arrangeait pas.

Et pas seulement sur le plan professionnel.

*
* *

C'était très agréable, mais nous en resterons là.

Brianna hésitait entre le soulagement et la déception. En tout cas, il n'y avait plus rien à craindre, se dit-elle résolument en enlevant sa tenue de sport.

Elle se mit sous la douche, dans la somptueuse salle de bains crème et or, et offrit son visage au jet d'eau chaude. Brusquement, au souvenir de son baiser avec Sakis, un désir fou s'empara d'elle, complètement déconcertant.

— Non ! s'écria-t-elle en se savonnant vigoureusement.

Ce n'était pas en train d'arriver. Ce n'était pas possible ! *Et pourtant si…*

Sakis l'avait embrassée et elle avait failli se perdre en goûtant à ce baiser. Parce qu'elle en avait été ébranlée jusqu'au tréfonds de l'âme. Pas seulement à cause du plaisir, mais parce qu'elle avait perçu chez lui une violence, une impétuosité qui répondaient exactement à ce qu'elle éprouvait. Comme un besoin surgi de très loin, irrépressible.

Malheureusement, elle avait déjà deux fois frôlé le désastre absolu. D'abord avec sa mère, qui ne pensait qu'à sa dose de drogue quotidienne. Ensuite avec Greg, qui l'avait trompée cyniquement. Pour rien au monde elle ne revivrait de tels drames.

Comme par réflexe, ses doigts se posèrent sur son tatouage. Sakis devrait chercher ailleurs à satisfaire ses désirs.

Sakis était au téléphone quand elle arriva au bureau un peu avant 7 heures. Se conformant au rôle qu'elle avait répété dans l'ascenseur, elle indiqua d'un geste sa tasse de café vide et il hocha la tête. Il avait lui aussi retrouvé ses manières habituelles de businessman distant.

Calquant son expression sur la sienne, elle se dirigea vers la machine à expresso située dans un renfoncement de son bureau à elle. Il fallait reléguer aux oubliettes les fantasmes torrides qui l'avaient empêchée de dormir une bonne partie de la nuit. Son employeur, lui, avait apparemment oublié l'incident.

— La machine est en panne ?

Elle sursauta violemment au son de sa voix, juste derrière elle.

— Je… Pardon ?

Il baissa les yeux sur la tasse de café.

— Que se passe-t-il, mademoiselle Moneypenny, vous rêvassez ?

— Pas du tout. Je…

Elle prit la tasse et la lui tendit.

— C'est vous qui êtes très impatient, monsieur Pentalidès.

Comme il ne bougeait pas et lui barrait le passage, elle demanda :

— Y a-t-il autre chose ?

Il but une gorgée de café en la considérant songeusement.

— Vous avez bien dormi ?

Une petite boule se forma au creux de son ventre. Cela ne le regardait pas, mais il ne fallait surtout pas polémiquer.

— Oui, merci.

Il ne bougea toujours pas.

— Eh bien, pas moi. J'ai passé une nuit épouvantable.

— Oh… Hum…

Brianna se racla la gorge.

— Ces derniers jours n'ont pas été de tout repos dit-elle, sans réfléchir au sens de ses paroles. Vous en subissez les conséquences.

— Vous avez raison.

Il posa les yeux sur ses lèvres et elle résista difficilement à l'envie d'y porter la main pour calmer le picotement intempestif qui venait d'y naître. Elle croisa les bras.

— Vous avez besoin de quelque chose ? fit-elle d'une voix raffermie.

Il vida sa tasse avant de la reposer sur la console.

— Je suis désolé si je vous ai un peu fait peur hier soir. Je me suis laissé emporter.

— Je… Non… Pas du tout, bredouilla-t-elle.

Elle s'interrompit brusquement quand il se rapprocha.

— Pourquoi aviez-vous l'air si effrayée ? Quelqu'un vous a fait souffrir ?

Brianna déglutit péniblement. Il fallait détromper Sakis pour mettre un terme à ses questions indiscrètes. Mais sa réponse la surprit elle-même :

— Nous avons tous un jour ou l'autre été déçus par quelqu'un que nous aimions et en qui nous avions confiance.

Un silence tomba, que Sakis mit de longues secondes à briser.

— J'espère ne pas avoir réveillé de trop mauvais souvenirs.

Elle baissa les yeux pudiquement, mais il insista :

— Qui vous a fait du mal, Brianna ?

— Je… Le lieu est mal choisi pour ce genre de conversation.

— Qui ? demanda-t-il d'une voix impérieuse.

— Vous avez eu des problèmes avec votre père. Moi, c'était avec ma mère.

Il esquissa un sourire empreint de tristesse.

— Les psychanalystes se régaleraient, avec nous !

Elle n'avait jamais pensé avoir quelque chose en commun avec Sakis, et ses paroles lui remirent curieusement du baume au cœur.

— Vous aviez autre chose à me dire ? demanda-t-elle pour la troisième fois.

Sakis se tendit presque imperceptiblement.

— Sheldon a poursuivi les investigations sur Moorecroft Oil et Landers Petroleum. Lui et ses enquêteurs ont établi un lien entre l'accident et la proposition de rachat.

— Ah bon ? s'écria Brianna.

— Oui. Pour Sheldon, le scénario est cousu de fil blanc.

Elle s'assit face à son écran d'ordinateur, parcourue d'un frisson glacé. Heureusement, Sakis n'insista pas et regagna son bureau. Elle avait recouvré son calme quand il l'entraîna à sa suite vers la salle de conférences, où se tenait le conseil d'administration.

A peine entamée, la réunion faillit sombrer dans le chaos au moment où le visage de Richard Moorecroft apparut sur l'écran géant de la vaste pièce et lança tout de go :

— Comment osez-vous m'accuser d'une telle infamie, Pentalidès ? Vous me croyez vraiment capable d'un acte de sabotage à seule fin de racheter votre entreprise ?

— Vous n'en êtes malheureusement pas à votre premier coup tordu, risposta Sakis avec mépris.

— Attention à ce que vous dites ! On n'attaque pas impunément un géant de…

— Vous ne m'impressionnez pas.

— Et vous non plus. Nous n'en avons pas terminé, tous les deux.

— Certes. Une enquête est en cours afin de déterminer le rôle que vous avez joué dans le naufrage de mon pétrolier, Moorecroft.

— Vous ne trouverez rien.

— Je l'espère pour vous et vos complices.

Sakis coupa la communication abruptement et se tourna vers Brianna, qui avait sans arrêt pris des notes durant la conversation. Maintenant qu'il avait conscience de l'attirance extrême qu'elle lui inspirait, aucun détail ne lui échappait. Il aurait pu décrire très précisément la façon dont elle était habillée, jusqu'à la courbure de son pied dans ses chaussures à hauts talons.

Aux moments les plus inopportuns, il se surprenait à s'interroger sur la longueur de ses cheveux ou la couleur de ses sous-vêtements. Plusieurs fois, en pleine nuit, incapable de dormir, il avait imaginé des scènes d'un érotisme torride…

La perception qu'il avait d'elle s'aiguisait insensiblement. Il remarquait à présent l'extrême vulnérabilité qu'elle s'efforçait de dissimuler sous une apparente raideur. Ses relations avec sa mère avaient dû laisser des traces indélébiles, et il aurait aimé la rassurer — simplement en lui caressant la joue, par exemple.

Theos ! Il serra les dents en s'admonestant. La scène de la veille ne se reproduirait pas. En aucun cas et sans l'ombre d'un doute.

Alors pourquoi la dévorait-il des yeux tandis qu'elle se penchait sur sa tablette pour prendre des notes ? Pourquoi s'imaginait-il en train de la basculer sur son bureau en retroussant sa jupe ?

Il contint difficilement un soupir exaspéré : il perdait déjà son sang-froid et on était à peine au milieu de la matinée ! Il congédia brusquement les membres du conseil. Puis, quand la salle fut vide, il appela doucement Brianna. Il ne savait pas vraiment déchiffrer l'expression de ses jolis yeux turquoise et cela l'ennuyait. S'intéressait-elle à lui personnellement ou juste à l'affaire en cours ?

— Pourquoi avez-vous joué cartes sur table avec Moorecroft ? demanda-t-elle.

— J'ai bluffé et cela a payé. Sa voix l'a trahi. Je suis sûr qu'il est impliqué.

— Pourquoi ne pas le faire poursuivre, dans ce cas ?

— De toute façon, il est coincé.

— Et s'il avoue ; en livrant des complices, par exemple ?

Il nota que la voix de Brianna tremblait, mais n'y attacha pas d'importance.

— Peu importe. Il paiera le prix fort.

Tout à coup, il remarqua la pâleur de la jeune femme.

— Quelque chose ne va pas ?

Elle se leva en hâte en rassemblant ses affaires.

— Non, tout va bien.

— Attendez.

Il la rattrapa par la taille et elle se crispa encore plus.

— Que se passe-t-il ? l'interrogea-t-il.

— Mais rien ! Laissez-moi.

— Vous me trouvez trop sévère avec Moorecroft ?

— Peu importe ce que je pense.

— Que feriez-vous, à ma place ? demanda-t-il en résistant à l'envie de poser la main un peu plus haut, sur sa poitrine.

— Je… J'essaierais peut-être de comprendre, avant de condamner.

— Il n'y a pas d'excuse à la malhonnêteté.

Elle haussa les épaules.

— Les gens agissent parfois en toute bonne foi.

— Pas Moorecroft. Il est aussi fourbe que mon père.

— Vous ne devriez pas toujours tout ramener à lui. Il faut aussi apprendre à pardonner et faire confiance.

Sakis se sentit obligé de se justifier :

— Mon père s'est conduit en escroc dans les affaires et a trahi la confiance des siens pendant des dizaines d'années. Pire, il n'a manifesté aucun remords quand on l'a démasqué. Même la prison n'a pas réussi à le changer. Il est mort sans se repentir. Vous êtes trop naïve : le mal existe.

Sakis devina qu'elle avait envie de le réconforter mais se retenait de poser la main sur son bras. Il en conçut une pointe de regret.

— Je suis désolée pour vous…

— Vous avez mangé, ce matin ? demanda-t-il abruptement.

— Non, mais…

— Venez. Cela nous fera du bien de sortir.

Un peu étonnée, Brianna accepta malgré tout l'invitation de Sakis. Il l'emmena dans un salon de thé de Cheapside.

— Ils ne servent que des crêpes, constata-t-elle quand on leur apporta la carte.

Il lui adressa un sourire complice.

— Je sais. J'ai décidé d'exploiter vos faiblesses. Pour l'instant, c'est la seule arme que j'ai contre vous.

La journée commençait décidément sur un mode trop personnel, songea Brianna, décontenancée.

— Une arme contre moi ? Pour vous défendre ?

— Non, pour vous obliger à faire ce que je veux.

— C'est déjà le cas.

— Vous croyez ? Je peux citer plusieurs occasions où vous m'avez tenu tête.

— Vous ne m'auriez pas recrutée si je n'avais pas un fort caractère.

— En effet. J'ai dit à Ari que vous étiez mon rottweiler.

— Vous me comparez à un chien de garde !

— C'était juste une métaphore. J'aurais pu utiliser une image plus flatteuse.

— Par exemple ? demanda-t-elle avec curiosité.

Le serveur arriva pour prendre leur commande, interrompant leur échange.

— Vous pouvez rajouter de la chantilly sur la mienne ? s'écria-t-elle après avoir donné son choix, les yeux brillants. Avec une assiette de myrtilles. Et deux tranches de citron.

Elle rougit en voyant le sourire amusé de Sakis.

— Désolée, je ne voudrais pas avoir l'air d'une gloutonne…

— Je vous en prie. Vous avez le droit d'être gourmande.

— Pas trop souvent, malheureusement. Sinon, je dois multiplier par deux le temps que je passe à la salle de sport.

Immédiatement, le souvenir de la veille affleura à son esprit. Pourquoi fallait-il qu'une allusion aussi gênante lui échappe ? Elle avait beau s'exhorter à la prudence, son inconscient se manifestait à son insu. C'était plus fort qu'elle. L'attirance incontrôlable que Sakis lui inspirait avait besoin de s'exprimer.

— Si on regrette un penchant avant même de s'y adonner, on n'éprouve plus aucun plaisir à y céder, déclara Sakis.

— Il faut vivre l'instant sans se soucier des conséquences, c'est votre philosophie ?

Les yeux de Sakis se posèrent sur ses lèvres, comme une caresse.

— Exactement, souffla-t-il.

Un silence s'installa, chargé d'une tension presque insupportable. Brianna se creusa la tête pour chercher désespérément comment renouer la conversation.

— Vous vous apprêtiez à me décrire autrement qu'en chien de garde, dit-elle.

« Bravo, ma fille, se reprocha-t-elle intérieurement. Tu lui tends la perche pour aborder des sujets personnels. »

Sakis s'appuya contre son dossier et posa le bras sur une cloison qui s'élevait à mi-hauteur. Fascinée, elle regarda les muscles saillir sous la manche de sa chemise.

— Ce n'est peut-être ni le lieu ni l'endroit, répliqua-t-il.

« N'insiste pas, Brianna… »

— Oh ! c'est si épouvantable ?

— Bien au contraire.

Elle se tut, furieuse après elle-même. Heureusement,

leurs crêpes arrivèrent et elle se jeta sur son assiette avec voracité, sous le regard perplexe et amusé de Sakis.

— Désolée : quand mon appétit se déchaîne, il n'y a pas moyen de m'arrêter, déclara-t-elle entre deux bouchées.

— Ne vous excusez pas. C'est un plaisir de vous voir manger autre chose que de la salade.

— N'ayez pas peur, je ne vais pas vous rejouer la fameuse scène de *Quand Harry rencontre Sally.*

— Pardon ?

Elle se mit à rire : il n'avait visiblement pas saisi l'allusion.

— Vous n'avez pas vu ce film dans lequel Meg Ryan simule un orgasme dans un restaurant ?

— Euh, non… Et, en matière d'orgasmes, je préfère les expériences réelles aux simulations. Pas vous ?

Seigneur ! Etait-elle réellement en train d'avoir cette discussion avec son patron avant l'heure du déjeuner ?

— Je… c'est-à-dire… Je faisais juste la conversation. Je n'ai pas d'opinion arrêtée sur la question.

Ce fut au tour de Sakis d'éclater de rire.

— Tout le monde a un avis là-dessus !

— Bon, peut-être… Mais je préférerais parler d'autre chose, si cela ne vous dérange pas.

Il but une gorgée de café.

— Aucun problème. Malgré tout, certains sujets ne se laissent pas oublier facilement une fois qu'on les a abordés.

Il avait raison, et elle ne pouvait s'en prendre qu'à elle-même. Elle était vraiment partagée. Elle avait peur de ne plus contrôler ses sentiments si elle s'abandonnait à son élan, se laissait aller à un rapprochement avec son patron. D'ailleurs, n'avait-il pas trop souffert pour lui accorder sa confiance ? Une confiance qu'elle ne méritait même pas…

— J'ai l'impression que vous ne vous autorisez pas souvent à goûter aux choses les plus simples, reprit-il.

— Eh bien, grâce à vous, je me régale, ce matin !

— J'espère avoir beaucoup d'autres occasions de vous gâter.

Que fallait-il comprendre ? s'interrogea-t-elle, le cœur battant soudain beaucoup trop vite.

— Pourquoi ? lança-t-elle, sans réfléchir une fois encore.

— Premièrement, pour être récompensé par un sourire, ce qui arrive trop rarement.

Il s'interrompit ; une expression étrangement solennelle se peignit sur ses traits.

— Deuxièmement, parce que moi, j'avais mes frères pour m'aider à surmonter les problèmes. Mais vous êtes fille unique, n'est-ce pas ?

L'émotion serra la gorge de Brianna.

— En effet, murmura-t-elle d'une voix cassée.

L'étrange connexion qui s'était établie entre eux se raffermit, inquiétante et apaisante en même temps.

— Ce serait donc thérapeutique, conclut-il. Vous avez fini ?

Brianna avait encore un morceau de crêpe au bout de sa fourchette, mais elle aurait été incapable d'avaler une bouchée de plus.

Elle hocha la tête.

— Merci. Pour ce petit déjeuner et pour…

Elle ne put finir. Les mots se bousculaient dans sa tête.

Sakis se leva et lui tendit la main.

— Je vous en prie, *agapita*. Tout le plaisir était pour moi.

La journée avait passé comme un éclair, constata Brianna. A 18 heures, après un nouvel entretien téléphonique avec Perla Lowell, la femme du capitaine du navire naufragé, dont on était toujours sans nouvelles, Sakis frotta songeusement ses joues râpeuses.

— Tout va bien ? demanda-t-elle.

— J'ai besoin de prendre l'air. Je vais boire un verre avec Ari. Et vous, mademoiselle Moneypenny, reposez-vous un peu, d'accord ?

Elle acquiesça. Quelque chose avait changé entre eux, de manière définitive. Mais, bizarrement, Brianna n'était pas fâchée d'avoir perdu cette bataille.

Après le départ de Sakis, une vague tristesse l'étreignit. Elle aurait voulu l'accompagner, être avec lui. Et pourquoi ne l'appelait-il plus Brianna ? Elle adorait la manière qu'il avait de prononcer son prénom…

Ses mains tremblaient. Depuis ce matin, l'émotion lui nouait l'estomac. Elle avait peur.

Décidant de suivre le conseil de Sakis, elle éteignit son ordinateur, puis prit sa tablette, son portable et son sac. Juste au moment où elle s'apprêtait à partir, le téléphone sonna. Sakis avait sans doute oublié de lui dire quelque chose.

— Allô ?

— Pourrais-je parler à Anna Simpson ?

Un coup de poignard la transperça. Pendant une longue minute, elle resta sans voix, incapable de reprendre sa respiration.

— Excusez-moi, réussit-elle enfin à articuler. Je… Vous faites erreur.

Un éclat de rire abject lui répondit.

— Je suis pourtant certain d'avoir le bon numéro.

L'appareil glissa de sa main moite de transpiration.

— Allô ? Anna ? lança une voix impatiente à l'autre bout de la ligne.

Elle reprit le téléphone.

— Il n'y a personne de ce nom ici.

Mais elle avait déjà reconnu celui dont elle redoutait la réapparition depuis son retour de Pointe-Noire…

— Je sais que tu as changé d'identité, Brianna Moneypenny, grinça Greg Landers. Mais pour moi tu seras toujours Anna.

7.

Sitôt arrivée chez elle, Brianna jeta son sac sur le canapé et sortit son portable. Fébrile, elle pianota sur l'écran tactile.

— Que veux-tu, Greg ? lança-t-elle dès que celui-ci eut décroché.

— Quelle brutalité ! Je suis tout de même content que tu sois assez raisonnable pour me rappeler. Mais pourquoi as-tu refusé de me parler, à ton bureau ? Je ne suis pas idiot, j'ai attendu que Pentalidès soit parti pour te téléphoner.

— Tu le surveilles ?

— Non, c'est toi que je surveille.

— Moi ?

— Pour le moment, c'est toi qui m'intéresses. Pourquoi as-tu changé de nom ?

Une immense rancœur envahit Brianna.

— Tu oses me poser la question ? Tu as détruit ma vie, Greg. Comment as-tu pu mentir d'une manière aussi éhontée au tribunal, alors que tu étais sous serment ? Comme si j'avais ouvert un compte aux îles Caïman… Qui recruterait une secrétaire condamnée pour détournement de fonds ? Il m'a fallu ruser.

— Tss-tss… Ne dramatise pas. Tu n'as même pas fait la moitié de ta peine. Et si cela peut te consoler je croyais sincèrement que tu serais acquittée.

— Tu te moques de moi !

Une telle désinvolture la révoltait. N'avait-il donc aucune idée de ce qu'était la prison ? Elle resterait marquée à vie par cette expérience, dans sa chair. Sa cicatrice à la hanche témoignait des horreurs qu'elle avait subies — elle avait reçu un coup de couteau en voulant séparer deux détenues qui se battaient dans la cour…

— Pourquoi n'as-tu pas assumé tes responsabilités, au lieu de rejeter lâchement la faute sur moi ? reprit-elle. Et maintenant dis-moi clairement ce que tu veux ou je raccroche.

— Si tu raccroches, Pentalidès lira dès demain matin dans les journaux le récit de ton passé peu glorieux.

Les doigts de Brianna se crispèrent sur le combiné.

— Comment m'as-tu retrouvée ?

Elle avait mis tant de soin à effacer les traces d'Anna Simpson…

— Par le miracle de la télévision, dit-il. Comme tout le monde, j'ai été scandalisé par le désastre écologique du pétrolier de la Compagnie maritime Pentalidès. Imagine ma surprise quand je t'ai vue aux informations à côté du *big boss* ! Remarque, je ne t'ai pas reconnue tout de suite. Et je te préfère en blonde.

— Viens-en au fait, maintenant.

— C'est très simple. Je veux racheter l'entreprise de Pentalidès et tu vas m'aider.

Brianna faillit s'étouffer. Il perdait la tête !

— Pourquoi ferais-je une chose pareille ? demanda-t-elle en se laissant tomber sur son canapé.

— Pour protéger ton sale petit secret, bien sûr !

Elle s'humecta les lèvres, tandis qu'une terreur sans nom s'emparait d'elle.

— Qui te dit que mon patron n'est pas déjà au courant ?

— Ne me prends pas pour un imbécile, Anna.

— Brianna.

La femme que Greg avait connue n'existait plus.

— Si tu veux continuer à t'appeler ainsi, il faudra que tu m'obéisses.

L'étau qui comprimait la poitrine de Brianna se resserra d'un cran.

— Que veux-tu exactement ?

— Le plus de renseignements possible. Par exemple, qui détient le plus grand nombre d'actions en dehors de Pentalidès, quels membres du conseil d'administration seraient prêts à vendre les leurs, etc.

— Cela ne marchera jamais. Tu n'y arriveras pas. Sakis…

Elle rectifia immédiatement :

— M. Pentalidès t'écrasera sans pitié à la moindre tentative.

Hélas, son lapsus n'avait pas échappé pas à son interlocuteur.

— Tu n'as pas recommencé, Anna ?

Elle frissonna.

— De quoi parles-tu ?

— Tu n'as pas offert ton cœur de midinette à ton nouveau chef sur un plateau d'argent ?

— Tu racontes n'importe quoi.

Malheureusement, il avait raison. Ce n'était pas la peine de se voiler la face. Mais le moment était mal choisi pour analyser ses sentiments : elle avait besoin de se concentrer pour réfléchir au meilleur moyen de se tirer d'embarras.

— Je te donne quatre jours, Anna, reprit Greg. D'ici là, renseigne-toi.

— Sinon ? demanda-t-elle, la bouche sèche.

— Tu auras droit à une double page dans l'édition du dimanche d'un tabloïd. En ces temps de crise pour la presse, une nouvelle affaire Pentalidès fera grimper les ventes à coup sûr.

Brianna se mit à trembler comme une feuille.

— Pourquoi fais-tu cela ? N'as-tu pas amassé assez de millions ?

— Non, ma jolie. Je suis très ambitieux. Je vise beaucoup plus haut. Mon association avec Moorecroft m'a déçu. Il s'est dégonflé à la première difficulté. Heureusement, je t'ai trouvée.

— Je n'ai pas dit oui.

— Tu es obligée d'accepter. Tu tiens trop à la position que tu occupes.

— Greg…

— A vendredi. Ne me déçois pas, Anna.

Il raccrocha sans lui laisser le temps de parlementer. De toute manière, la bataille était perdue d'avance. Il n'y avait pas moyen de discuter avec ce vautour impitoyable, qui s'attaquait exclusivement aux faibles.

Trois ans plus tôt, sa machination infâme l'avait anéantie. Greg avait tout manigancé dans les moindres détails. Innocente et naïve, Brianna ne s'était doutée de rien et avait accepté en toute candeur de devenir son associée. Pourquoi se serait-elle méfiée alors qu'il avait pris la peine de lui faire tout expliquer par un conseiller juridique ? Comment aurait-elle imaginé que ce dernier était complice ?

Elle avait eu tout le temps de réfléchir en prison…

Brianna se leva sur des jambes chancelantes. La seule idée de trahir Sakis la révulsait. Et il ne lui pardonnerait jamais d'attirer l'attention des médias sur sa société si peu de temps après la catastrophe.

Que faire ? Même si elle démissionnait, Greg cracherait son venin et lancerait sa bombe au vitriol.

Quant à dire la vérité à Sakis, c'était hors de question… « Il n'y a pas d'excuse à la malhonnêteté », avait-il affirmé.

Un sentiment d'impuissance s'abattit sur elle.

« Enfuis-toi ! » lui conseilla une petite voix interne.

Elle jeta un regard circulaire sur son petit salon. La dure réalité de son enfance douloureuse l'avait toujours empêchée de s'installer réellement quelque part, même ici, où elle se sentait pourtant bien. Au moins, si les circonstances l'exigeaient, elle pouvait quitter les lieux précipitamment. Elle n'avait quasiment rien à emporter.

Elle se révolta en pinçant les lèvres. Pourquoi se sauverait-elle ? Elle n'avait rien fait de mal. Sa seule imprudence avait été de croire que Greg l'aimait. Et elle en avait largement payé le prix.

C'en était assez. Assez !

Elle gagna sa chambre, aussi sommairement meublée que son salon. Le matelas était posé par terre, sur de simples lattes de bois. Pour toute décoration, elle avait un grand ficus et un chat en papier mâché qu'elle avait chiné au marché aux puces. Et elle s'était offert un luxueux couvre-lit en cachemire. Dans le placard, à part la collection de tailleurs et de toilettes de grand couturier qu'elle était obligée de porter dans l'exercice de ses fonctions, sa garde-robe personnelle se limitait à quelques jeans, T-shirts et pull-overs, et deux joggings.

Ses bagages seraient vite faits.

Non, elle ne se sauverait pas comme une voleuse !

Elle se déshabilla en tremblant. Après cette conversation qui l'avait salie, elle avait besoin de prendre une douche. Mais elle eut beau frotter et se savonner, la menace continuait à flotter dans l'air.

Des coups frappés à sa porte parvinrent à ses oreilles, malgré le bruit de l'eau et son cœur qui cognait fort. Fermant le robinet, elle entendit aussi la sonnerie du téléphone, puis on recommença à tambouriner. Elle enfila un peignoir et alla sur la pointe des pieds regarder par le judas.

*
* *

En découvrant la stature massive de Sakis, Brianna fut d'abord soulagée. Dieu merci, ce n'était pas Greg ! Mais pourquoi les deux hommes qui étaient responsables de son angoisse la harcelaient-ils ?

Elle entrouvrit la porte.

— Que faites-vous ici ?

— Je…

Il passa nerveusement la main dans ses cheveux.

— Je n'en sais rien moi-même. Mais je ne voulais pas me retrouver tout seul chez moi.

Il semblait très fatigué et Brianna n'essaya pas de lutter contre la douceur qui se répandait lentement en elle.

— Je… Voulez-vous entrer ?

Il hocha la tête et elle referma la porte derrière lui.

— Je vous sers quelque chose à boire ?

Elle sortit un verre et la bouteille de scotch qu'elle avait depuis Noël.

— Vous ne m'accompagnez pas ? demanda-t-il.

Elle hésita, se versa un peu d'alcool, mais faillit s'étouffer à la première gorgée.

— Pourquoi êtes-vous partie ?

Même si elle n'avait rien fait de mal, elle avait le sentiment d'être coupable.

— J'avais envie d'être un peu chez moi.

— Cela ne vous empêchait pas de répondre au téléphone.

Elle activa son portable. Elle avait douze appels manqués depuis sa conversation avec Greg.

— Désolée, j'étais sous la douche.

Il se mit à arpenter la pièce de long en large, puis s'immobilisa finalement devant elle. La chaleur qui irradiait de son corps enveloppait Brianna comme une caresse. Des petites mèches échappées de son chignon lui dégoulinaient dans le cou et la conscience de sa nudité, sous le peignoir, la paralysait.

Sakis la détailla des pieds à la tête, en s'arrêtant un instant sur sa poitrine, soulevée par une respiration saccadée. Il serra les poings. Le désir déformait ses traits.

— Excusez-moi de vous avoir dérangée, murmura-t-il, sans bouger d'un pouce.

Son regard s'intensifia.

Alors, abandonnant toute raison, Brianna émit un gémissement rauque et s'approcha de lui. Incapable de résister, elle posa les doigts sur sa joue rêche.

— Vous m'avez dit d'arrêter de travailler, chuchota-t-elle. Je ne pensais pas que vous auriez besoin de moi…

Elle retint son souffle quand il posa les yeux sur ses lèvres, visiblement fasciné.

— Au contraire, Brianna. J'ai plus que jamais besoin de vous. Sans vous, le monde n'a plus aucun sens.

— Heu… Vraiment ?

— *Né*. Je me suis senti perdu quand je n'ai pas réussi à vous joindre.

Il se pencha, jusqu'à toucher son front avec le sien.

— Je ne peux pas fonctionner correctement quand vous n'êtes pas à côté de moi.

— Je suis là, à présent, chuchota-t-elle, la gorge nouée par une émotion qu'elle ne pouvait pas nommer.

Le désir, la passion et la compassion se mêlaient et se transformaient en un besoin impérieux, viscéral, qu'elle n'avait encore ressenti pour personne d'autre.

— Je suis là, répéta-t-elle. Pour vous.

Il posa la main sur son chignon et lui tira la tête en arrière, avec une dureté maladroite, pour l'obliger à lever son visage vers lui.

— C'est bien vrai ?

— Oui, affirma-t-elle d'une voix tremblante.

— Il faut être sûre, *glikia mou*. Parce que cette fois-ci je ne pourrais pas m'arrêter. Si vous ne voulez pas aller plus loin, dites-le tout de suite.

Pendant qu'il déchiffrait son expression avec une urgence fébrile, Brianna songeait qu'elle ne pouvait pas laisser passer sa chance. A partir de vendredi, elle ne verrait sans doute plus jamais Sakis. Ou elle serait renvoyée, ou elle donnerait sa démission. D'un point de vue purement égoïste, c'était probablement la seule occasion qu'elle aurait jamais de concrétiser le rêve sensuel qui la hantait sans répit. Aurait-elle l'audace de franchir le pas ?

— Brianna ?

Ce ton inquiet trahissait une vulnérabilité inattendue. Sakis avait besoin d'elle. Et elle... eh bien, elle avait besoin d'oublier l'incertitude de l'avenir.

— Oui, je suis là. Et j'ai envie de toi, déclara-t-elle résolument.

Sakis étouffa les derniers mots sur ses lèvres, dans un baiser ardent, éperdu. En même temps, sa main posée sur ses reins la pressait de toutes ses forces contre lui.

Pendant une éternité, il dévora sa bouche avec une fougue proche du désespoir. Possédée par une frénésie égale à la sienne, Brianna se donna tout entière à ce baiser, sans retenue.

Sakis la poussa alors vers le canapé. Il la regardait comme s'il voulait graver pour toujours ses traits dans sa mémoire.

— J'avais deviné depuis longtemps qu'une séductrice fougueuse se cachait sous ces tailleurs trop stricts, mademoiselle Moneypenny.

Redoublant de ferveur, Brianna prit le visage de Sakis entre ses paumes. Une joie extraordinaire naissait en elle et se diffusait lentement dans toutes les fibres de son corps.

Quand il s'écarta brusquement et se leva, elle protesta ;

mais il se débarrassa simplement de sa veste et de sa cravate. Puis il la tira vers lui.

— Où est ta chambre ?

— Oh ! mon canapé ne te convient pas ?

— Il est trop petit pour ce que j'ai en tête. Une autre fois, peut-être.

Brianna hésita. Que penserait-il de sa décoration minimaliste ? Mais déjà il lançait un soupir impatient. Elle ouvrit la porte. Collé contre elle, Sakis ôta ses chaussures, ses chaussettes et sa chemise. Puis il la poussa doucement à genoux sur le lit.

— Tu n'imagines pas combien de fois je t'ai imaginée ainsi, soupira-t-il en lui arrachant son peignoir.

Brianna était soulagée de lui tourner le dos. Elle n'aurait ainsi pas à lui expliquer tout de suite la signification de son tatouage. Et il ne pouvait pas non plus voir sa cicatrice à la hanche. Elle redoutait de trop en dire…

La main de Sakis avait trouvé le chemin de son entrejambe. Elle se perdit dans l'ivresse voluptueuse de ses caresses.

— Tu as des fesses magnifiques, murmura-t-il.

Elle tressaillit quand la bouche de son amant remplaça ses doigts. Son souffle chaud, puis sa langue éveillèrent des sensations exquises, annonciatrices d'un plaisir plus intense. Un cri s'échappa de sa gorge et elle ferma les paupières en agrippant le matelas pour ne pas s'effondrer à plat ventre.

Il lui écarta les cuisses davantage encore. Elle avait conscience d'offrir son sexe à sa vue et à ses baisers avec une totale impudeur. Emportée par un tourbillon de sensations, elle s'abandonna au vertige qui la saisit au moment de l'extase.

Ce fut une déflagration.

Sakis émit un long soupir de satisfaction et la tint serrée

contre lui. Elle l'entendit vaguement se relever pour enlever son pantalon. Mollement, elle s'affaissa de tout son long. Il la rattrapa par la taille.

— Reste comme tu es. Ce n'est pas fini.

Toujours posté derrière elle, il posa une main caressante sur son ventre, puis sur ses seins, tout en s'efforçant, de l'autre, de dénouer son chignon.

— Je n'ai encore jamais vu tes cheveux lâchés.

Quand sa blondeur se déversa en cascades sur son dos, il poussa une exclamation admirative.

— *Theos !* C'est un péché de dissimuler une chevelure aussi magnifique ! Tu mérites une punition !

Elle se mordit la lèvre.

— Tu m'as assez torturée, tu ne crois pas ?

Il approcha le bout des doigts de ses pointes de seins érigées.

— Non, *pethi mou.* Ecarte les jambes.

Elle lui obéit en retenant son souffle. Quand il commença à la pénétrer, une myriade d'étoiles explosa devant les yeux de Brianna, lui brouillant la vue.

— Sa…

Seigneur, pourquoi n'arrivait-elle pas à articuler ces deux syllabes ?

— Dis-le, ordonna-t-il.

— Je ne peux pas.

Il retira son sexe.

— Non ! cria-t-elle.

— Dis mon nom, Brianna.

— Sa… Sakis.

De nouveau, il la posséda et elle soupira de soulagement.

— Encore ! commanda-t-il.

— Sa… Sakis !

— C'est bien.

D'une longue poussée, il enfonça son érection en elle, puis s'immobilisa.

— A présent, dis-moi ton désir. Je ferai tout ce que tu voudras pour te satisfaire.

Il l'avait déjà comblée, mille fois plus qu'elle n'aurait jamais imaginé.

— Je t'écoute, *glikia mou*, pendant que mon cerveau fonctionne encore.

Il posa les mains de chaque côté de son dos et l'embrassa au creux du cou. Déjà, des signes avant-coureurs avertissaient Brianna de la montée inéluctable du plaisir.

— Vite, Sakis. S'il te plaît.

— Tes désirs sont des ordres…

A partir de ce moment-là, elle sombra dans une sorte d'inconscience bienheureuse tandis que son amant accélérait sans cesse le rythme, jusqu'à l'apothéose. Un même cri leur échappa à tous deux et ils retombèrent en même temps, secoués de longs spasmes qui n'en finissaient pas.

Au bout de ce qui sembla une éternité à Brianna, Sakis roula sur le côté en la serrant contre lui. Ils restèrent très longtemps ainsi, agrippés l'un à l'autre, pendant que leur respiration se calmait peu à peu.

8.

Lorsqu'ils recouvrèrent enfin leurs esprits, Sakis repoussa en arrière une longue mèche blonde et déposa un baiser léger, mais possessif, sur la tempe de Brianna.

— C'était prodigieux, *glikia mou*.

— Ce qui veut dire… ?

Il se mit à rire doucement.

— A vous de voir, mademoiselle Moneypenny. Tu es assez intelligente pour comprendre sans explication supplémentaire.

— Mon nom de famille te plaît beaucoup, apparemment.

Il sourit.

— Je le trouve terriblement sexy. Comme la secrétaire de James Bond, d'ailleurs : c'est un personnage sous-estimé.

— Je suis tout à fait d'accord. Elle est éclipsée par des bimbos hautes en couleur. En plus, elle est la seule à ne pas obtenir les faveurs du héros.

Sakis l'embrassa au creux du cou.

— Eh bien, ce soir, elle a eu sa revanche à travers toi. Je ne me laisserai plus prendre à tes airs de cygne gracile et majestueux.

— Qu'est-ce que tu racontes ? s'écria-t-elle en pouffant.

— En apparence, tu es sereine, efficace et parfaitement maitresse de toi-même. Mais sous la surface tu ressembles à un volcan en éruption !

Elle frissonna quand il se retira. Il la retourna alors face à lui.

— Je suis comme tout le monde, Brianna, poursuivit-il. J'ai besoin d'un point d'ancrage.

Emue par cet aveu inopiné, elle sentit des picotements sous ses paupières.

— Sakis… Je…

Il l'embrassa, longuement, passionnément, si bien qu'elle protesta quand il se redressa.

— Une minute, je dois mettre un autre préservatif, lui expliqua-t-il.

Elle lui indiqua la salle de bains et le regarda s'éloigner, fascinée par son corps d'athlète. Elle n'arrivait pas à croire que cet homme merveilleux allait de nouveau lui faire l'amour. Bouleversée, elle enfouit le visage dans son oreiller.

Néanmoins, tout au fond d'elle, une terreur sans nom s'insinuait lentement. Qu'allait-il se passer ? Qu'allait-elle devenir ? Ce soir, Sakis lui prouvait combien il tenait à elle. Quelle ironie ! Elle allait s'éloigner de lui juste au moment où quelque chose se nouait entre eux.

Car elle n'avait pas le choix. Jamais elle ne trahirait la confiance de Sakis. Quant à Greg, qu'il aille au diable !

Elle joua un instant avec l'idée de passer aux aveux complets, mais se ravisa. Après ce qu'il avait enduré avec son père, Sakis ne supporterait pas ce qu'il considérerait forcément comme une trahison. Car, en dissimulant la vérité sur son passé, elle avait manqué d'honnêteté.

Ensuite, pour échapper aux menaces de Greg et à la vindicte de Sakis, elle serait obligée de démissionner et de chercher un emploi ailleurs, le plus loin possible, sans doute à l'étranger.

Envahie par une immense tristesse, elle serra les

poings ; et sursauta quand la main chaude de Sakis se posa sur ses reins.

— Je vais me vexer si tu m'as déjà oublié, dit-il doucement.

Elle se calma et se tourna vers lui. Comme il était beau, malgré le stress de ces derniers jours qui se lisait sur ses traits tirés. Ou peut-être à cause de cela. Car du coup il n'était pas seulement un homme d'affaires puissant, redoutable et sans pitié mais un être humain.

Incapable de résister, elle tendit la main pour caresser son torse sculptural.

— Je ne risque pas de t'oublier, Sakis.

Il s'allongea à son côté.

— Je ne sais pas comment j'ai pu résister aussi longtemps à la tentation, répliqua-t-il.

Il recommença à la dévorer de baisers et Brianna se frotta lascivement contre lui.

En l'espace de quelques secondes, il l'emmena très loin, tout au bord d'un précipice vertigineux. Elle ne savait plus si elle devait implorer sa pitié ou le supplier de continuer.

— Sakis, je t'en prie… gémit-elle en se cabrant contre lui.

— J'adore t'entendre prononcer mon prénom, répondit-il sans relâcher la pression de ses lèvres sur son sein. Dis-le encore.

Comme elle secouait la tête, il insista farouchement.

— Pourquoi ? demanda-t-elle sur un ton de défi.

— Tu as une façon terriblement excitante de crier mon nom quand l'orgasme approche.

— Mais c'est très… trop…

— Intime ? suggéra-t-il en poursuivant l'exploration érotique de son corps. Justement, c'est d'autant plus intense.

Lui écartant autoritairement les jambes, il recommença à la caresser.

— Oui, souffla-t-elle en fermant à demi les paupières.

Elle s'arc-bouta de toutes ses forces contre lui lorsqu'il accentua la pression de ses doigts sur son clitoris.

— Laisse-toi aller, Brianna…

Elle céda aux accents convaincants de sa belle voix grave et se liquéfia complètement quand le visage de Sakis glissa le long de son ventre, jusqu'entre ses jambes.

« Sakis. »

Son prénom résonna dans tout son être, encore et encore.

« Sakis. »

Une fulgurance l'électrisa alors qu'elle atteignait les frontières de la conscience, et que son esprit sombrait dans le chaos. Une longue plainte, venue de très loin, jaillit de sa poitrine. Jamais elle n'avait éprouvé un tel déchirement, un tel plaisir.

Elle tendit les mains pour s'accrocher au drap, qu'elle serra convulsivement entre ses poings. Au même moment, Sakis se dressa au-dessus d'elle, comme un dieu, et l'emplit d'une poussée bienfaisante.

— Oh ! Sakis !

— Oui, je suis là. *Theos*, comme tu es belle !

Elle répéta son prénom un nombre de fois incalculable, comme une litanie sans fin, pendant qu'un plaisir inouï l'emportait au-delà des mots, dans un éblouissement de tous les sens.

— Brianna, *eros mou*.

Sakis retomba sur les coudes en enfouissant les doigts dans la masse soyeuse des cheveux de sa superbe maîtresse. Elle le rendait fou ! Il recommença à embrasser ses lèvres gonflées par le plaisir.

— Tu es incroyable, s'écria-t-il. J'ai encore envie de toi.

Son souffle se fit rauque, de plus en plus court, et il s'immobilisa un moment, pendant que des vagues sensuelles les soulevaient. Puis il recommença à bouger à un rythme régulier, en s'efforçant de conserver la maîtrise de ses réactions.

C'était une bataille perdue d'avance, mais une défaite qu'il acceptait volontiers. Le corps voluptueux de Brianna qui ondulait sous lui lui faisait perdre tous ses repères. Il se félicitait confusément d'avoir enfin conquis sa si énigmatique assistante. Quelque chose s'était passé ce matin, qu'il ne s'expliquait pas mais qui avait définitivement modifié la nature de leurs relations. Elle avait ressenti la même chose, il le savait. En tout cas, quelle qu'en soit la raison, il s'en réjouissait.

Brianna se contracta de nouveau et il gémit en tentant de garder son emprise sur lui-même. Jamais, même dans ses fantasmes les plus débridés, il n'avait imaginé pareille intensité.

A présent, elle répétait son prénom inlassablement, comme si une digue s'était enfin rompue, lui autorisant toutes les libertés. Cela agissait sur lui comme un puissant aphrodisiaque.

Il se penchait pour l'embrasser quand il aperçut un tatouage sur son épaule, une élégante inscription, « Je refuse de sombrer », à côté d'un minuscule phénix aux ailes déployées.

Il la savait déjà extrêmement courageuse. Ses quelques confidences avaient dévoilé un passé douloureux, avec une enfance rude. En réalité, il la connaissait peu, suffisamment tout de même pour deviner une intégrité à toute épreuve, forgée dans l'adversité.

Cette découverte le toucha profondément, éveillant en lui des échos insoupçonnés. Son désir augmenta encore et il eut envie de lui montrer.

— Ouvre les yeux, *pethi mou*, commanda-t-il d'une voix altérée.

— Quoi ? lança-t-elle, éperdue.

— Regarde-moi, Brianna. Vois sur mon visage le plaisir incroyable que tu me donnes !

Un étonnement sans bornes se lut sur ses traits gracieux et Sakis la couvrit de baisers. Puis l'orgasme les emporta dans un tourbillon à la fois violent et voluptueux. Leurs cris se mêlèrent et résonnèrent dans le silence de la chambre, avant de s'éteindre dans un même soupir de contentement.

Quand leurs respirations se furent calmées, Sakis repoussa les cheveux de la jeune femme pour observer plus attentivement son tatouage.

— Voilà qui est intéressant, murmura-t-il en suivant du bout du doigt le tracé des lettres.

Brianna se raidit. Comment avait-elle pu penser qu'elle s'en tirerait aussi facilement ? Elle se sentait affreusement vulnérable. En quelques mots, Sakis l'avait atteinte en plein cœur : « J'ai besoin d'un point d'ancrage… Vois sur mon visage le plaisir incroyable que tu me donnes ! »

— Brianna ?

Il attendait une explication. Il fallait dire quelque chose.

— Je… Je l'ai fait faire quand j'ai quitté mon dernier emploi.

Elle s'interrompit, le cœur battant.

— La plupart des gens prennent des vacances entre deux jobs. Toi, tu te fais tatouer. Tu avais vraiment l'impression de sombrer ?

Elle émit un rire forcé.

— Je ne ressemble pas à tout le monde.

« Tais-toi ! l'avertit une petite voix intérieure. N'en dis pas plus. Tu es trop émue, tu ne te maîtrises pas. »

— Oui, j'avais l'impression de perdre pied, ajouta-t-elle imprudemment. Je me sentais perdue…

Il effleura le phénix d'une caresse.

— Mais tu as triomphé des difficultés.

— Oui.

— En tout cas, je suis d'accord avec toi. Tu ne ressembles pas à tout le monde. Tu es unique. Exquise.

Sa main descendit plus bas, sur son sein, puis frôla son ventre et se posa sur sa hanche.

— Et ça ?

Elle tressaillit. Evidemment, il avait remarqué... Comment sa cicatrice serait-elle passée inaperçue alors qu'il avait exploré chaque centimètre de sa peau ?

— Je... On m'a agressée.

Ce qui était vrai, mais elle ne dirait pas où.

— Quand ?

— Il y a deux ans.

— On a arrêté ton agresseur ?

— Oui. Il a été condamné.

A six mois de cachot...

— Tant mieux, conclut-il, apparemment satisfait par ses réponses.

Il se pencha et posa les lèvres sur sa hanche, avec une infinie délicatesse. Puis sa bouche s'égara un peu plus loin. Quelques secondes plus tard, l'esprit de Brianna cessa de fonctionner...

Du mouvement, dans la chambre, éveilla Brianna d'un rêve délicieusement érotique. Ouvrant les yeux, elle aperçut Sakis, debout au pied du lit, qui la contemplait en boutonnant sa chemise.

Son expression attira immédiatement son attention. L'amant enflammé qui lui chuchotait des mots doux à l'oreille était redevenu un puissant magnat des affaires, l'armateur milliardaire, aux prises avec d'écrasantes responsabilités.

— Je dois partir, annonça-t-il. Il y a du nouveau.

Elle se redressa en rejetant ses cheveux en arrière.

— Ah bon ?

— On a retrouvé les corps de deux membres de l'équipage.

Brianna eut l'impression que le sang se retirait de son visage.

— Quand t'a-t-on averti ?

— Il y a dix minutes. La marée montante les a échoués sur la côte. Les enquêteurs pensent qu'ils se sont noyés.

Elle rejeta vivement les couvertures et se leva.

— Donne-moi un quart d'heure, le temps de prendre une douche, et je t'accompagne. Il faut les rapatrier.

Il fit le tour du lit et s'arrêta devant elle pour lui caresser la joue.

— Le directeur des ressources humaines s'en charge. Ces hommes sont morts dans l'exercice de leurs fonctions. C'est à nous de nous occuper de tout. Foyle m'a pris rendez-vous avec les familles ce matin pour que je leur présente mes condoléances.

— De qui s'agit-il ? demanda Brianna, chagrinée.

— Le second et le lieutenant.

— On n'a toujours pas de nouvelles de Morgan Lowell ?

— Non.

— Je ferai mon possible pour tenir la presse à l'écart, mais je ne garantis rien.

— Foyle s'en est également chargé. Pour le moment, nous ne pouvons rien faire de plus.

— Alors je ne sers à rien…

Il l'enserra par la taille.

— Tu me seras toujours indispensable, chuchota-t-il.

Emue par son timbre de voix, Brianna s'en voulut

aussitôt. Il ne fallait pas refaire la sottise de croire à ses rêves d'absolu. Pas plus qu'un autre, Sakis ne pourrait combler son besoin d'amour fou. Et leur aventure serait de toute façon sans lendemain.

Elle se dégagea avec un petit rire forcé.

— Dépêchons-nous, dit-elle. Il y a du café dans la cuisine, mais je n'ai pas grand-chose à manger.

— Un café me suffira.

Huit minutes plus tard exactement, elle enfilait des chaussures à talons et tirait sur les manches de son chemisier, sous sa veste de tailleur Prada. Puis elle ramassa son grand sac et rejoignit Sakis dans le salon.

Il lui tendit une tasse ; son téléphone sonna au même moment. Tout en buvant son café à petites gorgées, elle contempla avec étonnement cet homme magnifique qui avait redonné vie à son corps et ressuscité un cœur qu'elle croyait à jamais desséché.

Sous son regard vert, hypnotique, elle avait du mal à ne pas trahir ses sentiments, et la pensée de devoir s'arracher à lui l'oppressait. Son attachement était déjà très profond. Elle souffrirait beaucoup. Elle le savait d'ailleurs depuis le début, bien avant d'avoir couché avec lui…

Elle reposa sa tasse en tremblant.

— Viens ici, commanda-t-il après avoir raccroché.

Incapable de lui résister, elle s'exécuta de bonne grâce.

— Tu m'expliqueras un peu plus tard pourquoi tu as si peu de meubles, dit-il. Pour l'instant, j'ai envie de t'embrasser.

Il scella sur ses lèvres un long baiser plein de ferveur.

— Bonjour, *pethi mou*.

— Euh… bonjour, répondit-elle, émue.

Il s'écarta avec une moue déçue.

— Partons tout de suite, sinon je ne réponds plus de moi, murmura-t-il.

*
* *

Le trajet jusqu'aux Pentalidès Towers s'accomplit dans le silence. Sakis semblait perdu dans ses pensées. Quand ils pénétrèrent dans le parking souterrain, Brianna n'y tint plus.

— Tu n'as pas à t'inquiéter, je serai discrète. Personne n'a besoin de savoir ce qui s'est passé entre nous. Je suis au courant de ce qui est arrivé avec Giselle…

— C'est de l'histoire ancienne, déclara-t-il. Notre situation est différente.

Le cœur de Brianna accéléra le rythme de ses battements.

— Cela t'est égal que les gens le sachent ?

Il se raidit.

— Je n'ai pas dit cela.

Elle ressentit un déchirement aussi insupportable qu'irrationnel. Dès que la voiture s'arrêta, elle descendit et partit devant. Sakis la rattrapa et l'empoigna par le bras.

— Je me suis mal exprimé. Je ne voudrais pas que tu deviennes le point de mire d'un ramassis d'idiots à cause de moi. Les gens racontent n'importe quoi et les rumeurs se propagent vite. Tu n'as pas à supporter le poids du passé de mon père.

— Tu donc as souffert à ce point ? demanda-t-elle d'un ton compatissant.

Etrangement, leurs situations en apparence si dissemblables les rapprochaient beaucoup. Ils gardaient tous les deux des séquelles très douloureuses de leur enfance. Mais Sakis était sans doute encore plus affecté qu'elle.

Il inspira profondément.

— Oui. C'était un don Juan incorrigible et un extorqueur, corrompu jusqu'à la moelle, mais très habile à dissimuler sa vraie nature. Quand il a été démasqué, nos vies ont été bouleversées. On disséquait nos moindres paroles et on analysait toutes nos actions. Les journalistes ont même fouillé la nuit dans nos poubelles en espérant découvrir des ignominies.

— C'est immonde.

— Ce n'était pourtant pas le pire.

— Pourquoi ? demanda-t-elle timidement.

— Mon père avait des maîtresses partout, dans le monde entier. C'est sa secrétaire qui en a eu assez la première et qui a vendu la mèche. Ensuite, elles se sont toutes manifestées, il n'y avait plus moyen de les arrêter. Et sais-tu pourquoi elles sont toutes venues sur le devant de la scène ?

Brianna secoua la tête, appréhendant la suite du récit.

— Pour l'argent. Avec l'arrestation de mon père et le gel de ses comptes en banque, la générosité qui avait alimenté leurs goûts de luxe s'était tarie. Chacune devait faire vite pour vendre son histoire au plus offrant, avant que l'opinion publique ne se lasse des rebondissements du scandale. Et elles se moquaient éperdument de pousser ainsi ma mère au suicide.

— Oh ! mon Dieu, Sakis… Je suis désolée !

Une lueur farouche au fond des yeux, il emmêla les doigts dans les siens et porta sa main à ses lèvres.

— Tu comprends maintenant pourquoi il m'est si difficile d'accorder ma confiance à quelqu'un ? reprit-il.

La bouche sèche, elle hocha la tête.

— Oui. Mais on ne risque rien à donner aux gens le bénéfice du doute.

Elle eut honte de plaider ainsi également pour elle-même mais n'avait pu s'en empêcher. Il la scruta longuement, comme s'il voulait lire dans son âme, puis son expression se détendit un peu et il l'embrassa.

— Pour toi, Brianna, je suis prêt à surmonter mon

cynisme et mes préjugés. Et je serais ravi de m'être trompé à propos de Moorecroft.

Cependant, il avait eu raison de craindre le pire. A 15 heures, Richard Moorecroft téléphona pour avouer quel rôle il avait joué dans l'accident du pétrolier de la Compagnie maritime Pentalidès.

9.

Sakis faisait les cent pas dans son bureau, réfléchissant à la situation, quand il entendit son chef de la sécurité entrer dans le bureau voisin et commencer à discuter avec Brianna.

— Venez ici, tous les deux ! cria-t-il.

Brianna était aussi tranquille et assurée qu'à l'ordinaire. Il n'y avait plus trace de la femme qui avait crié de plaisir la nuit dernière, ni de la confidente compatissante qui l'avait écouté ce matin lui parler de son père. Il aurait voulu la détester d'être si calme mais il l'en admirait au contraire davantage. La liste de ses qualités s'allongeait de jour en jour. Il était vraiment séduit…

Croisant les bras résolument, il refoula son émotion et s'assit sur le bord de la table en se tournant vers Sheldon.

— Il y a du nouveau ?

— Les investigations ont confirmé nos soupçons. Le capitaine en second Isaac et le lieutenant Green ont reçu chacun une somme de cent mille euros sur leur compte en banque. Il y a une semaine.

Sakis serra les poings.

— Sait-on d'où vient cet argent ?

Même maintenant qu'on lui en fournissait une preuve, il avait du mal à croire à la culpabilité de ses employés. Jusqu'à ce matin, il s'était attendu au pire. Mais la douceur et l'indulgence de Brianna l'avaient convaincu de reléguer son pessimisme aux oubliettes. Et, jusqu'à l'appel de Moorecroft, il s'était senti libéré, plus léger qu'il ne l'avait été depuis longtemps.

Malheureusement, la dure réalité l'avait rattrapé pour le frapper de plein fouet.

— Moorecroft a utilisé une bonne demi-douzaine de sociétés écrans pour brouiller les pistes, expliqua Sheldon. Il va falloir remonter lentement vers la source.

Cette crapule avait payé ses hommes pour provoquer le naufrage du *Pentalidès VI* et fragiliser la compagnie, permettant ainsi son rachat à moindre coût. En apprenant cela, Sakis était devenu fou furieux. Finalement, peu importaient les dégâts matériels, qui seraient de toute façon indemnisés par les assurances. Mais il ne tolérait pas qu'on ait gâché des vies humaines et mis en danger tout un équipage.

Immédiatement après le coup de fil de Moorecroft, il avait déposé une plainte en justice. De tels actes étaient impardonnables.

— Et le compte de Lowell ?

— C'est un peu plus compliqué.

— Pourquoi ?

— Son salaire est viré dans une banque suisse, lui apprit son responsable de la sécurité.

Surpris, Sakis se tourna vers Brianna.

— C'était noté dans son dossier ?

— Non.

— Merci, Sheldon, ce sera tout.

Resté seul avec Brianna, Sakis s'enferma d'abord dans le silence. Il osait à peine la regarder tant il avait peur de trahir ses émotions tumultueuses. Mais pour l'instant d'autres préoccupations le tourmentaient.

— Qu'est-ce qui peut pousser quelqu'un à commettre

de tels actes ? s'écria-t-il. Sans se soucier des conséquences pour la famille et les proches.

Elle s'approcha de lui, mais se ravisa au dernier moment et commença à ranger des papiers sur son bureau.

— Tu n'es pas en cause et tu dois arrêter de te torturer, répondit-elle au bout d'un moment. Tu n'es pas responsable des choix que font les autres. Tu peux juste les pardonner ou…

— Ou quoi ?

— Ou les rayer de ton existence, dit-elle, les traits assombris par l'amertume.

Il fronça les sourcils.

— Qui t'a fait souffrir ainsi, Brianna ?

— Il ne s'agit pas de moi.

Il la prit par le bras, touché par la douleur qu'il lisait sur son visage d'ange.

— Bien sûr que si. C'est ta mère, n'est-ce pas ? Que t'a-t-elle fait ?

Elle poussa un gémissement d'animal blessé.

— Elle… Entre la drogue et moi, elle a choisi la drogue. Mais je n'ai pas envie d'en parler.

— Tu m'as encouragé à me confier, ce matin. Maintenant, c'est ton tour.

Elle essaya de se dégager, mais il la retint.

— Où est-elle ? Elle est toujours vivante ?

— Oui, murmura Brianna en frissonnant. Mais nous ne sommes plus en contact depuis longtemps.

— Pourquoi ?

— Sakis, je n'ai pas à te raconter tout cela, souffla-t-elle en baissant les yeux. Tu es mon patron…

— Nos relations ont dépassé ce stade, non ? Réponds-moi.

Elle entrouvrit les lèvres et il eut une envie folle de l'embrasser. Il refréna son impulsion. Il voulait aller au-delà des apparences pour tenter de mieux connaître Brianna Moneypenny.

— Je n'ai pas eu une enfance dorée, tu le sais déjà, dit-elle finalement. A cause de la drogue, nous avons vécu dans la rue ou dans des squats. Cela a commencé quand j'avais quatre ans, jusqu'à mes dix ans. Parfois, je n'avais pas de vrai repas pendant plusieurs jours d'affilée.

Sidéré, Sakis avait du mal à superposer le portrait qu'elle brossait et l'image de la ravissante jeune femme qu'il avait devant lui.

— Elle ne pouvait pas conserver un travail plus de quinze jours, déclara Brianna, très pâle. Mais elle a réussi à ruser avec les autorités pendant presque six ans. Finalement, les services sociaux lui ont retiré ma garde et j'ai été placée dans un foyer d'accueil. A dix-huit ans, j'ai voulu la revoir.

— Après tout ce que tu avais subi ? s'écria-t-il, choqué.

Une expression douloureuse voila son doux regard. Quand il prit ses mains dans les siennes, elle s'agrippa à lui en poursuivant son récit.

— C'était ma mère. Je l'ai haïe pendant longtemps. Puis je me suis rendu compte qu'elle était un être humain en détresse, qui se débattait avec une addiction qui lui a presque été fatale.

Brianna avait l'air tellement malheureuse que Sakis aurait tout sacrifié pour la soulager. *Theos,* que lui arrivait-il ?

— Pourquoi « presque » ? demanda-t-il.

— Elle a fini par s'en sortir, après une longue cure de désintoxication. Malheureusement, ce n'était pas possible tant que j'étais avec elle. Je crois qu'elle se droguait à cause de moi. J'ai parfois surpris des regards effrayants, comme si elle me détestait.

Bouleversé par ces confidences, Sakis la serra contre lui et l'embrassa.

— Aucun enfant ne devrait jamais se sentir coupable d'exister. Elle avait le devoir de s'occuper de toi et elle a failli à sa tâche. Et maintenant, où en est-elle ?

— Elle s'est remariée et a eu un autre enfant.

— Donc, elle est heureuse ? questionna-t-il avec une pointe d'amertume.

Sa mère à lui continuait de vivre une existence triste et morne ; elle n'était plus que l'ombre d'elle-même.

Brianna hocha la tête.

— Mais elle ne veut plus te voir, c'est ça ? insista-t-il.

— Je lui rappelle trop de mauvais souvenirs, répondit-elle avec une légèreté forcée.

Malgré tout ce qu'elle avait souffert, elle refusait de s'appesantir sur ses misères. Quelle force de caractère ! Quel courage il lui avait fallu pour rechercher cette mère qui l'avait privée de soins et d'amour ! Une compassion hors du commun l'habitait désormais. L'intensité des émotions qui le traversaient l'effrayait un peu.

— Moi, je n'ai jamais pardonné à mon père, déclara-t-il. Parfois, je me dis même qu'il a fait exprès de mourir d'une crise cardiaque dans les bras de ma mère, pour le plaisir de remuer le couteau dans la plaie. Et elle-même en est presque morte de chagrin.

Brianna lui caressa la joue de ses doigts tremblants.

— Ne sois pas trop dur avec elle. Elle a dû beaucoup souffrir…

En tout cas, lui, il avait eu ses frères, ses cousins, ses oncles et tantes pour le consoler quand tout allait mal. Même s'il n'était pas du genre à se confier facilement, il y avait toujours quelqu'un tout près. Brianna, elle, n'avait eu personne !

De nouveau, un trouble irrépressible l'étreignit.

— Tu es vraiment extraordinaire, chuchota-t-il contre sa tempe.

— Tu crois ?

— Oui. Tu as une façon unique de tendre un miroir devant mes certitudes les plus enracinées pour m'obliger à les remettre en question.

— Cela ne t'ennuie pas ?

— C'est bien de me forcer à évoluer. Quant à pardonner, c'est une autre affaire... Mais je peux sans doute essayer de comprendre pourquoi les gens agissent comme ils le font.

Quand elle s'écarta, prête à fondre en larmes, Sakis voulut la retenir. Pourquoi mettait-elle de la distance, tout à coup ? Il avait conscience que quelque chose de fondamental lui échappait à propos de Brianna Moneypenny, mais sans comprendre quoi exactement.

Il avait envie de la serrer contre lui, de l'embrasser. Puis il se rappela l'endroit où ils se trouvaient. Mais personne ne viendrait les déranger.

Son assistante était déjà devant la porte quand il la rattrapa.

— Où vas-tu ?

Elle sursauta.

— Travailler.

— Après ce qui s'est passé ? Pas question !

Il soupira en repensant à la fin de leur conversation.

— Je ne peux pas changer aussi vite, Brianna. Le pardon te vient sans doute plus facilement qu'à moi. Je ne suis pas aussi généreux.

Pourquoi y avait-il autant de peur dans les yeux de la jeune femme ?

— Je ne veux pas te changer, déclara-t-elle, sauf si tu le souhaites. Je ne m'engage pas avec toi. Je ne m'investis pas. Rien ne t'oblige à me tenir ce genre de propos.

De plus en plus décontenancé, Sakis ferma la porte à clé et la prit dans ses bras.

— Sakis ! s'écria-t-elle.

— Voyons si tu ne peux pas t'investir un peu ! lança-t-il, irrité et frustré.

— Lâche-moi !

Ignorant sa demande, il l'assit sur le bord du bureau et balaya d'un geste brutal tous les papiers et dossiers qui s'y trouvaient.

— Je viens de les ranger. Ce n'est pas moi qui vais les ramasser ! s'écria-t-elle, furieuse.

Sakis rit sous cape. Il avait raison de la provoquer. Elle redevenait telle qu'il la souhaitait : impétueuse. Il n'aimait pas la voir triste, apeurée et lointaine. Il détestait encore plus son calme et sa distance depuis qu'elle lui avait révélé sa nature passionnée.

— Tu le feras si j'en ai envie, non ? dit-il.

Elle redressa fièrement le menton.

— Dans tes rêves ! Je ne suis pas ta femme de ménage.

Il lui prit les mains et les posa sur son torse.

— Tu étais plus docile cette nuit, continua-t-il, dans la même veine provocatrice.

Elle desserra les poings et Sakis faillit pousser un cri de victoire.

— Cela n'a rien à voir, protesta-t-elle. Et je ne suis peut-être pas toujours aussi docile. Que veux-tu, au juste ?

Il ôta la grosse épingle qui retenait son chignon et ses cheveux se déployèrent comme une pluie d'or sur ses épaules. Il l'attira à lui, joue contre joue.

— Nous avons tous les deux besoin de nous libérer de nos tensions, *glikia mou*.

Il la repoussa légèrement et profita de ce qu'elle avait été déséquilibrée pour défaire l'unique bouton de sa veste et la lui ôter.

— Sakis, pour l'amour du ciel ! Nous sommes dans ton bureau.

— J'ai fermé la porte à clé et tout le monde est parti, sauf nous.

— Quand même…

Il étouffa ses protestations sur ses lèvres, et lui arracha un gémissement de désir qui résonna jusque dans son ventre. Puis il baissa la fermeture Eclair de sa jupe et déboutonna son chemisier.

— *Theos !* Ne me dis pas que tu portes ce style de lingerie tous les jours depuis que tu travailles avec moi !

— Non, répondit-elle avec un sourire malicieux.

Elle cambra les reins sous son regard, exposant le décolleté hardi de sa guêpière, et croisa très haut ses jolies jambes gainées de bas. Sakis prit un mamelon entre ses lèvres. Le cri qui jaillit de la gorge de Brianna le rassura : il n'était pas le seul à être possédé ; elle partageait sa folie.

Sans s'éloigner d'elle, il se déshabilla promptement. Puis il recula un peu pour la contempler. La perfection de sa beauté le stupéfiait.

— Vas-tu me dire que tu m'as imaginée ainsi dans ton bureau un nombre de fois incalculable ? plaisanta-t-elle.

— Non. Et heureusement, parce que j'aurais eu beaucoup de mal à travailler. Mais dans bien d'autres endroits : dans ma cabine de douche, sur la banquette arrière de ma voiture, dans l'ascenseur…

Elle frissonna.

— Vraiment ?

— *Né.* Mais ce scénario dépasse tous mes fantasmes.

Au moment où il insinuait une main entre ses jambes, elle posa la sienne sur sa cuisse, puis remonta lentement vers son sexe dressé.

Elle le caressait divinement. Il ferma à demi les paupières, sans vraiment se rendre compte que le visage de Brianna glissait imperceptiblement vers le bas. Il crut défaillir quand elle le prit dans sa bouche. Il dut rassembler toute sa volonté pour ne pas exploser de plaisir.

Plusieurs fois, il manqua capituler sous l'exquise torture des lèvres et de la langue de sa maîtresse. Mais un autre désir, encore plus intense, le retenait : il voulait rester le maître, la soumettre encore une fois à sa toute-puissance. Sans doute pour effacer la distance qu'elle avait essayé de mettre entre eux. En fait, peu importait la raison car ce qui comptait, c'était la violence incoercible de cette pulsion.

Au prix d'un effort surhumain, il s'écarta et chercha un préservatif. Une expression de ravissement pur illuminait le visage de Brianna.

— Tu ne te sens toujours pas investie ? demanda-t-il d'une voix rauque.

Une lueur apeurée s'alluma dans les grands yeux turquoise.

— Sakis…

— Réponds-moi, Brianna. Parce que moi, je le suis.

— Ne dis pas cela, protesta-t-elle.

— Pourquoi ?

— Tu ne le penses pas vraiment.

— Si. J'ai lutté aussi longtemps que possible, mais cela ne sert à rien. J'ai envie de toi.

Elle frissonna.

— Je… moi aussi.

Il la pénétra alors, un peu plus brutalement qu'il ne le souhaitait, mais son corps l'exigeait.

Une euphorie étrange s'empara de lui tandis qu'il conduisait Brianna au bord de l'extase. Ce ne serait jamais assez. Il ne se lasserait jamais d'elle. Quand le calme serait revenu, il essaierait d'analyser ce qu'il ressentait. Car il se passait quelque chose en lui qu'il n'arrivait pas encore à définir. Mais en ce moment son cerveau était inaccessible à la raison.

Impulsivement, il toucha la cicatrice sur la hanche de la jeune femme. Une rage farouche l'envahit à la pensée que quelqu'un lui avait fait du mal. Il avait une envie démesurée de la protéger. Cela aussi, c'était nouveau pour lui.

Posant la main sur sa nuque, il l'embrassa sauvagement pendant qu'un dernier élan l'emportait très loin, hors de lui-même.

Avec un cri qui provenait du plus profond de son être, il ferma les yeux et chavira avec elle dans le plaisir.

La réalité ne reprit ses droits que beaucoup plus tard.

Pendant que sa respiration se calmait peu à peu, Brianna comprit que la peur l'avait envahie. Le récit de son enfance avait rouvert d'anciennes cicatrices. Même si elle avait pardonné sa mère, elle souffrait encore secrètement d'avoir été abandonnée.

Et elle craignait de plus en plus l'intransigeance impitoyable de Sakis.

Hélas, elle serait bientôt obligée de partir. Définitivement. Greg prenait soin de lui rappeler par des textos intempestifs l'échéance fatidique de vendredi. Pour ne pas éveiller les soupçons de Sakis, elle avait mis son téléphone en mode vibreur.

Elle ne regrettait pas ses confidences. Elle avait eu raison de révéler à Sakis la vraie personne qui se cachait derrière l'efficacité professionnelle de Brianna Moneypenny. Après une enfance misérable passée auprès d'une mère instable et désaxée, Anna Simpson s'était forgé une nouvelle identité en reprenant le nom de jeune fille de sa grand-mère.

Comme elle se sentait vulnérable, maintenant qu'elle s'était mise à nu… S'il découvrait la vérité, Sakis ne lui pardonnerait pas de ne pas avoir tout dit.

— A quoi penses-tu ? demanda-t-il.

— La situation mérite réflexion, tu ne trouves pas ?

— Il va falloir t'habituer à notre relation... passionnelle.

Elle réprima une exclamation et il chercha son regard — celui d'une biche aux abois.

— C'est le mot « relation » qui te fait peur ?

Le cœur de Brianna s'emballa subitement et elle s'obligea à bannir l'espoir qui y grandissait.

— Il ne faut pas nous précipiter. C'est tout récent.

— Après avoir résisté pendant dix-huit mois, ce n'est pas le moment de nous imposer des réserves.

Elle plongea les yeux dans les siens.

— Le jour de mon entretien d'embauche, ici même, tu m'as sévèrement mise en garde.

Il parut à peine honteux.

— C'était trop peu de temps après Giselle. J'étais encore en colère. Et quand j'ai pris conscience de mon attirance, j'ai résisté, parce que je ne voulais surtout pas rejouer le même scénario.

Spontanément, Brianna lui caressa les cheveux.

— Tu as beaucoup souffert à cause de cette femme, n'est-ce pas ?

— J'ai surtout été blessé dans mon orgueil. J'étais complètement aveugle.

— Tu n'es donc pas infaillible ! dit-elle pour le taquiner. Je ne sais pas si je dois être rassurée ou déçue.

— Je n'ai jamais prétendu être parfait, sauf quand il s'agit de remporter un championnat d'aviron. Là, je suis le meilleur.

— Reste modeste, Sakis !

— Je suis lucide, répliqua-t-il en riant.

Il la souleva dans ses bras comme une plume.

— Que fais-tu ?

— Je t'emmène prendre une douche dans ma salle de bains.

— Sakis, repose-moi ! Et nos vêtements !

— Nous n'en avons pas besoin.

Elle se dégagea pendant qu'il appelait l'ascenseur et rassembla leurs habits en hâte. Puis, sans pouvoir s'en empêcher, elle ramassa les papiers éparpillés et les posa sur le bureau, sous le regard moqueur de son merveilleux amant.

— La prochaine fois, tu le feras tout seul ! maugréa-t-elle quand il se mit à rire.

Il lui donna une petite tape sur les fesses.

— Ça, c'est pour te punir de m'avoir encore désobéi. Mais je suis content que tu penses déjà à la prochaine fois.

En croisant le regard de Sakis, Brianna perçut une vulnérabilité qui la surprit. Comme si l'avenir, incertain, l'inquiétait. Un sentiment de désolation la gagna. Elle paierait très cher ce désir qui la poussait constamment vers cet homme. Mais tant pis. Se hissant sur la pointe des pieds, elle l'embrassa tendrement.

— Il y aura une prochaine fois seulement si c'est moi qui mène le jeu.

Sakis se réveilla en sursaut au son lancinant de légères vibrations régulières. A côté de lui, Brianna dormait encore. Epuisé lui aussi, il ignora la sonnerie du téléphone.

Quand elle se fit plus insistante, il se frotta les yeux et se redressa. C'était le portable de Brianna. Il le trouva enfin, dans la poche de sa veste. L'appareil recommença à sonner et il répondit sans réfléchir.

— Anna ? lança une voix masculine impatiente.

Qui se permettait de l'appeler Anna ? Profondément irrité, Sakis fronça les sourcils.

— Vous faites une erreur. Qui est à l'appareil ?

« Et qui êtes-vous pour appeler à 3 heures du matin ? » ajouta-t-il dans son for intérieur.

L'homme ne répondit pas et raccrocha.

Avant de ranger le téléphone, Sakis chercha le numéro appelant. Il était masqué. Il retourna se coucher et posa le portable sur la table de nuit.

Mal à l'aise, il ne parvint pas à se rendormir. Pourtant, il s'agissait très certainement d'un faux numéro. Malgré la coïncidence, aucun indice ne lui permettait de penser qu'Anna et Brianna étaient une seule et même personne.

Deux heures plus tard, il était toujours éveillé lorsque le vibreur annonça un message. Se saisissant de l'appareil, il glissa le pouce sur l'écran pour l'allumer.

Il se glaça à la lecture du texto :

> Un petit rappel amical : il te reste trois jours pour me donner les renseignements dont j'ai besoin. G.

10.

« Ce n'est rien. Tu grossis les choses démesurément. Tu sombres dans la paranoïa. »

Il était 6 heures du matin et Sakis se répétait ce refrain inlassablement en tirant sur les poignées de son rameur. Il aurait préféré s'entraîner au club, mais son emploi du temps ne lui permettait pas de s'absenter toute la matinée.

Il imposa silence à la part de lui qui suggérait au contraire de regarder la vérité en face.

Quelle vérité ?

Il ne savait pas ce que signifiait le texto reçu par Brianna. Le plus simple aurait été de lui demander mais il s'était levé sans la réveiller, avait remis le portable dans sa poche et filé à la salle de sport.

Il commençait à transpirer et à avoir mal aux épaules, sans que son inquiétude diminue.

« Tu ne te sens toujours pas investie ? » Quand il avait posé cette question à sa maîtresse, il s'était rendu compte avec un choc qu'il était, lui, déjà très impliqué dans leur relation. En ce moment même, alors que des soupçons jetaient le trouble dans son esprit, elle lui manquait.

« Il te reste trois jours pour me donner les renseignements dont j'ai besoin. »

Etait-ce une requête professionnelle ou personnelle ? Torturé par la jalousie, il lâcha un cri sourd. Au même moment, il croisa le regard de Brianna dans la glace. Un regard apeuré par l'image qu'elle voyait — avait-il donc l'air si féroce ?

Elle s'immobilisa.

— Je peux revenir un peu plus tard si je te dérange.

Il lâcha brutalement les avirons, qui retombèrent avec un bruit métallique, et se leva. Elle était vêtue d'un collant en Lycra avec un petit haut moulant, et il ressentit immédiatement une décharge d'adrénaline. Mais il réussit à contenir son désir et lui adressa un petit sourire forcé.

— Comme si tu pouvais me déranger ! lança-t-il.

Il lui programma un tapis de course.

— Trente minutes ? demanda-t-il.

Elle hocha la tête avec circonspection et s'approcha. Quand elle se baissa pour s'étirer, il poussa une exclamation. Elle se redressa en l'interrogeant du regard.

— J'ai encore envie de toi, dit-il.

— Tu n'as pas l'air très content.

— J'aime conserver le contrôle de la situation en toute circonstance, *agapita*. Et, avec toi, je ne me sens plus maître du jeu.

Elle s'empourpra aussitôt.

— Je suis moi-même assez désorientée, si cela peut te consoler.

La femme qui rougissait devant lui était-elle capable de duplicité ? Il s'exhorta à ne pas juger avant de connaître les tenants et les aboutissants.

Il commença son jogging à côté d'elle. Il attendit une longue minute avant de glisser un coup d'œil dans sa direction. Puis il regarda franchement sa poitrine, qui se soulevait à chaque foulée, et ses jolies jambes bien galbées. Il vit que Brianna essayait de l'ignorer. Mais, après avoir trébuché plusieurs fois, elle sauta sur le côté.

— Sakis, arrête ! Je ne peux pas me concentrer.

Il soupira et stoppa sa machine.

— Finissons-en. Ce n'est pas le genre d'exercice dont nous avons besoin.

— Sakis !

— Comment ai-je pu te laisser m'appeler M. Pentalidès pendant un an et demi, alors que tu prononces mon prénom d'une façon aussi excitante ?

Elle émit un petit rire choqué et protesta pour la forme quand il la souleva dans ses bras.

— Je peux savoir où tu m'emmènes ?

— Dans mon hammam. Nous serons plus tranquilles.

Ils passèrent d'abord sous la douche. Tout en se savonnant vigoureusement, Sakis réduisit sa conscience au silence : elle lui reprochait de se cacher derrière le sexe au lieu de s'expliquer avec Brianna.

Il faudrait tôt ou tard affronter une discussion : le bien-être et la confiance auxquels il avait tellement envie de croire depuis deux jours ne s'accommodaient pas de zones d'ombre.

Mais, pour l'instant, seul comptait le plaisir qu'ils allaient partager.

— Oh ! Sakis, c'est si bon, haleta Brianna au creux de son cou.

Les mains plaquées sur les fesses musclées de sa maîtresse, accélérant le rythme de ses va-et-vient malgré la sueur et la vapeur qui rendaient leurs corps glissants, Sakis s'acheminait lui aussi vers le point de non-retour.

— Oui, *agapita*.

Plongeant son regard dans le sien, il ajouta :

— Ne laissons aucun obstacle surgir entre nous. Ce serait vraiment dommage de tout gâcher.

La confusion qui assombrit brusquement les yeux clairs de Brianna fut balayée par l'illumination de la jouissance, qui la rendit encore plus belle. Lâchant un cri de gorge, Sakis relâcha son étreinte et se perdit dans l'oubli, avec une intensité qu'il n'avait encore jamais éprouvée.

Il entraîna ensuite de nouveau la jeune femme sous la douche et la savonna en silence, pendant qu'elle lui lançait des regards intrigués.

De retour dans la chambre, Brianna se décida à poser la question qui lui brûlait les lèvres.

— Es-tu toujours aussi silencieux le matin ou s'est-il passé quelque chose ?

Maudissant sa nature soupçonneuse, Sakis jeta un coup d'œil sur la table de nuit et se crispa en apercevant le portable de son assistante.

Elle avait lu le message.

— Sakis ?

Il plongea dans son regard bleu.

— Les négociations débutent aujourd'hui avec les Chinois. Ils sont déjà durs en affaires en temps ordinaire mais, après les rumeurs qui ont couru sur ma compagnie, je redoute des difficultés.

— A mon avis, tu n'as rien à craindre.

Le poids qui pesait sur la poitrine de Sakis s'allégea. Mais, presque immédiatement, le doute revint s'insinuer. Risquait-il de perdre Brianna Moneypenny à cause d'un autre homme ? S'appelait-elle Anna ? Il la connaissait si peu, après tout…

Il ouvrit un tiroir pour prendre des sous-vêtements.

— En es-tu si sûre ? lança-t-il. Je n'ai pas besoin de complications supplémentaires en ce moment.

— Mais oui. Ne t'inquiète pas.

Il se retourna furtivement. Dieu, qu'elle était belle ! Comment pouvait-il la désirer encore après la nuit torride et le moment de folle passion qu'ils venaient de partager ? Il secoua la tête et continua à s'habiller — sinon, ils ne sortiraient jamais de la chambre.

— Donc, ton attitude n'a rien à voir avec moi ? demanda-t-elle.

Se trompait-il ? Il avait l'impression que sa voix avait tremblé. Il enfila résolument son pantalon.

— Rien du tout, *agapita*.

En même temps qu'il prononçait ces mots, son instinct se révolta : si Brianna lui cachait quelque chose, il fallait en avoir le cœur net.

Tout de suite.

La gorge serrée, il se tourna vers elle.

— C'est quoi, ce message que tu as reçu ?

« Il sait ! »

Un cri d'angoisse faillit s'échapper de la gorge de Brianna.

— Quel message ? dit-elle pour gagner un peu de temps.

— Ton téléphone a sonné au milieu de la nuit. Quelqu'un a demandé à parler à Anna et a raccroché. Ensuite, tu as reçu un texto. Tu peux m'expliquer ?

« Non, non, non ! »

Elle n'était pas prête. Une certitude avait fondu sur elle, au réveil : elle était follement amoureuse de Sakis. Il fallait tout lui raconter et implorer sa pitié. Mais elle n'avait pas prévu de le faire maintenant. Elle avait décidé d'écrire une lettre de démission circonstanciée, dans l'espoir qu'il choisirait le pardon et non la condamnation.

— Brianna ? insista Sakis avec froideur.

Le désespoir la gagna.

— C'est un ami… Il m'a demandé une faveur.

Il fronça les sourcils.

— Quel genre de faveur ? Il t'appelle à 3 heures du matin !

— Il veut que je l'aide. Pour son travail.

— Ce n'est rien de personnel ?

Là, au moins, elle pouvait répondre en toute franchise.

— Non.

Elle frémit quand Sakis vint tout près d'elle.

— Ce n'est pas un chasseur de têtes qui veut te débaucher, j'espère ?

— Non.

Il la scruta longuement. Puis, apparemment satisfait, il l'embrassa sur la bouche.

— Tant mieux. Sinon, il aurait passé un mauvais quart d'heure. Allez, dépêche-toi de t'habiller.

Brianna exhala un soupir de soulagement. Elle se réjouissait lâchement de ce répit, qu'elle ne devait sans doute qu'à l'emploi du temps surchargé de Sakis.

Mais peut-être lui faisait-il aussi un peu confiance ?

Elle ramassa ses vêtements de la veille et s'éclipsa dans sa suite, soucieuse. Ne venait-elle pas de tout gâcher ? Il aurait mieux valu tout raconter maintenant, car Sakis ne lui pardonnerait pas d'avoir différé ses aveux.

Elle aimait cet homme de tout son être. Si seulement elle l'avait rencontré plus tôt, à une époque où elle n'était pas obligée de dissimuler un passé douteux et compromettant…

Son téléphone sonna au moment où elle enfilait des chaussures gris anthracite assorties à son tailleur Versace. Elle savait qui c'était avant même de répondre.

— Il va me falloir davantage de temps, dit-elle sans laisser parler Greg.

— On n'a rien découvert, j'espère ?

Brianna se laissa tomber sur une chaise.

— Non, mais tu vas m'attirer des ennuis si tu continues à me harceler.

Il poussa un soupir irrité.

— De toute manière, je dois m'absenter quelques

jours, peut-être une semaine. Gare à toi si je n'ai pas les renseignements à mon retour. Je t'avertis, Anna, ne me pousse pas à bout.

Elle ne supportait plus ce prénom. Elle n'était plus Anna Simpson. Il lui avait fallu beaucoup de courage, pour se forger une nouvelle identité et renaître à la vie. Et depuis qu'elle se voyait à travers les yeux de Sakis, elle croyait en la possibilité d'un avenir radieux.

Avec lui, elle découvrait non seulement la plénitude physique, mais aussi un immense bonheur. La pensée de le perdre, de devoir vivre sans cet homme, lui était intolérable.

Quand elle arriva dans la salle à manger, un buffet était dressé avec un monceau de crêpes et des bols de sauce au chocolat, de sirop d'érable et de chantilly. Brianna en eut les larmes aux yeux.

Sakis s'approcha d'elle.

— Tu ne vas pas pleurer à cause de moi, j'espère ?

— Non. Je… Personne n'a jamais eu autant d'attentions pour moi.

— Tu le vaux bien, *glikia mou,* murmura-t-il en déposant un baiser sur ses lèvres.

« Dis-lui. Dis-lui maintenant ! »

Elle en mourait d'envie et pourtant cela lui semblait impossible. Comment lui parler de Greg sans encourir sa colère et son mépris ? Il se sentirait trahi et manipulé. Puisqu'elle avait arraché un délai supplémentaire, elle en profiterait égoïstement. Peut-être réussirait-elle à convaincre Sakis de son amour.

Des actes valaient mieux que des paroles.

Elle le prit par le cou et lui rendit son baiser passionnément.

— Je te promets des crêpes tous les matins, dit-il en la taquinant tendrement.

Dehors, le soleil brillait ; la lumière éclatante donnait aux traits de son amant un relief particulier. Brianna tressaillit et tout son être se contracta de désir.

Après un autre baiser ardent, dans l'ascenseur, le travail reprit ses droits et les accapara tous les deux.

Lorsque, à 18 heures, Sakis l'appela d'une voix tonitruante, Brianna accourut avec sa tablette. Elle se figea devant son expression tendue.

— On a retrouvé sa trace en Thaïlande !

— Lowell ?

Il hocha la tête.

— Il est vivant ?

— Oui. Mais les autorités thaïlandaises pensent qu'il a quelqu'un à ses trousses.

Ce n'était tout de même pas Greg… songea Brianna en se mordant nerveusement la lèvre.

— J'attends d'autres informations avant d'agir, ajouta Sakis.

— Faut-il annuler la réception prévue en Grèce avec l'équipage ?

Toute la journée, elle avait été en contact avec l'entreprise qui organisait l'événement.

— Non. Les marins et les volontaires ont travaillé dur. Ils méritent leur récompense.

— Et la femme de Lowell ? Tu vas la prévenir ?

— Je la contacterai quand j'aurai tous les détails.

Brianna s'apprêtait à retourner dans son bureau, mais il la retint pour la prendre dans ses bras.

— Quand toute cette histoire sera derrière nous, je t'emmènerai dans mon chalet suisse. Nous fermerons la porte à double tour et nous nous aimerons pendant toute une semaine. Et si ce n'est pas suffisant nous prolongerons notre séjour, encore et encore, jusqu'à nous rassasier l'un de l'autre. D'accord ?

Le cœur de Brianna s'arrêta de battre. Très bientôt, elle serait loin… Mais elle hocha lâchement la tête avant de s'éclipser.

De retour dans son bureau, elle serra les poings pour résister à la douleur et au désespoir qui lui lacéraient le crâne, le ventre et la poitrine.

Dans la soirée, ils apprirent que Morgan Lowell avait été arrêté. Mais le capitaine du *Pentalidès VI* refusait de coopérer avec la justice.

A 1 heure du matin, Sakis se tourna vers Brianna, assise à côté de lui sur le canapé.

— Va te coucher, *agapita*.

— Toute seule ?

— Je te rejoins dès que mon avocat m'aura rappelé.

Quelques minutes plus tard, tandis que son extraordinaire amant l'entraînait vers un langoureux septième ciel, Brianna songeait que son cœur lui appartiendrait toujours.

Oui, elle se considérerait à jamais comme la femme de Sakis Pentalidès.

Quoi qu'il advienne.

11.

Inondée de soleil, la villa grecque de Sakis émergeait des eaux turquoise qui baignaient les îles Ioniennes. De construction traditionnelle, avec des murs blanchis à la chaux, elle était néanmoins luxueusement aménagée. Un immense salon-terrasse donnait directement sur une piscine paysage qui se fondait avec la mer.

L'avant-veille, Sakis et elle avaient fêté leur arrivée en dégustant du champagne dans des flûtes en cristal, au clair de lune. Elle appréciait plus que tout la paix et la tranquillité qui régnaient là.

Mais, en cette belle journée dominicale, l'animation battait son plein avec la fête que Sakis offrait généreusement à ses employés.

Brianna sursauta quand son téléphone vibra. Elle s'écarta un instant de la foule des invités.

Donne-moi des nouvelles. *Pronto*. G.

Greg s'impatientait et la fréquence de ses textos s'intensifiait. Elle frissonna malgré la chaleur en tapant sa réponse.

Bientôt.

Inexorablement, le temps s'écoulait, la rapprochant de la rupture avec Sakis. Elle jeta un regard sur l'homme qui occupait toutes ses pensées et qui parlait en ce moment avec ses deux frères, Ari et Theo. Ils étaient magnifiques, tous les trois. Mais à ses yeux Sakis était indiscutablement le plus beau. L'aura et la force extraordinaires qui émanaient de lui la rassuraient.

Comme il aurait été agréable de se laisser aimer par un homme tel que lui... Malheureusement, les circonstances le lui interdisaient. Elle ne connaîtrait jamais les joies d'un amour partagé et authentique.

Le vibreur retentit de nouveau.

C'est-à-dire ? ? ? Réponds-moi immédiatement !

Assaillie par un mélange de colère et d'angoisse, elle éteignit son téléphone et descendit vers la plage. Les larmes brouillaient sa vue et elle maudissait le destin de lui offrir d'une main ce qu'il lui reprenait de l'autre.

Figeant un sourire sur son visage, elle dépassa quelques groupes d'invités pour se réfugier dans un endroit désert, loin de la musique et des rires.

Elle s'assit sur un rocher et pleura. Quand elle recouvra ses esprits, sa décision était prise.

— Alors, où en es-tu avec ta *wonder woman* ? lança Ari.

— Pas de moqueries, s'il te plaît ! rétorqua Sakis.

Il constata immédiatement que son agressivité avait surpris ses frères. Theo donna un coup de coude à Ari.

— Attention à toi. A ta place, je me méfierais. La dernière fois que Sakis s'est énervé contre nous à propos d'une fille, il a essayé de me rouler dessus avec son vélo. J'avais huit ans et je voulais offrir une sucette à Iyana.

— Tais-toi, Theo, maugréa Sakis en vidant son verre.

Plus ses frères s'amusaient et se riaient de lui, plus son humeur s'assombrissait.

Sans se laisser impressionner, Ari revint à la charge.

— Tu n'as tout de même pas recommencé ! Tu as couché avec elle ? Tu n'as donc pas un brin de jugeote dans la cervelle ?

— Ne vous mêlez pas de ma vie privée, vous m'entendez ? s'exclama-t-il, incapable de se maîtriser.

— Sinon quoi ? répondit Theo. Tu ne t'es pas gêné pour intervenir dans la mienne, si je me rappelle bien. A plusieurs reprises, en plus ! Un jour, tu as envoyé des fleurs à une folle dont je n'arrivais pas à me débarrasser. Une autre fois, tu as volé mon portable pour écrire un texto épicé au frère de ma maîtresse. Il était boxeur et je n'ai pas osé rentrer chez moi pendant plus d'une semaine. Je te rends la monnaie de ta pièce !

Sakis se retint de répondre. Ce n'étaient pas les taquineries de ses frères qui le mettaient à cran, mais les textos que Brianna recevait en cachette. Elle sursautait à tout moment. Comment ne s'en serait-il pas rendu compte ? Ce matin, elle s'était levée à 5 heures sous le prétexte de veiller aux préparatifs de la réception. Cela avait assez duré. Dès ce soir, il exigerait une explication.

— Tu boudes ? railla Theo. Waouh, ce doit être sérieux !

— Et alors ? Quand bien même ça le serait ? riposta Sakis.

— L'expérience ne te servira donc jamais de leçon ? dit Ari avec un regard appuyé.

— Elle n'a rien à voir avec Giselle, Ari. Je… J'ai confiance en elle.

D'une certaine manière, c'était vrai. Elle avait réussi à pénétrer dans son cœur, pourtant complètement fermé depuis la trahison de son père. Et c'était tellement agréable qu'il ne voulait pas la perdre pour retomber dans l'amertume et la désolation.

— Tu en es sûr ? insista Ari.

Malgré son envie de rassurer ses frères, Sakis ne pouvait pas se montrer catégorique. Et s'ils avaient raison ? Si Brianna n'était pas fiable, elle non plus ?…

— Au fait, où en est l'affaire Lowell ? demanda Theo en retrouvant brusquement son sérieux.

Sakis se passa la main sur la nuque. C'était son second sujet de préoccupation.

— D'après les enquêteurs, il y aurait une troisième personne impliquée. Lowell aurait peut-être doublé quelqu'un d'autre en plus de Moorecroft. Ils sont en train d'analyser sa boîte mail et les enregistrements de ses conversations téléphoniques. Ils devraient me donner un nom d'ici à vingt-quatre heures.

Du tapage attira tout à coup son attention. Des jeunes gens un peu éméchés chahutaient et il chercha Brianna des yeux.

— Elle est partie en direction de la plage, dit Ari en surprenant son regard.

Il plissa le front. Etait-il devenu si transparent aux yeux de ses frères ? Maintenant que Brianna avait percé ses défenses protectrices, il ne supportait pas d'être privé de sa présence.

Certains auraient sans doute appelé cela de l'amour. Mais pas lui. Il chercha un mot pour nommer ce qu'il ressentait. Puis, faute de trouver, il abandonna. En tout cas, il était bien décidé à voir jusqu'où cela le conduirait.

Mais, d'abord, il fallait régler le problème en suspens.

— Je vais voir ce qui se passe là-bas, annonça-t-il en indiquant l'endroit où les cris redoublaient.

Ari lui emboîta le pas.

— Tu es vraiment sûr de toi ? demanda-t-il d'un ton protecteur en se radoucissant.

— Absolument, répondit-il d'un ton catégorique.

Oui, il voulait Brianna dans sa vie. De façon permanente.

— Eh bien, je te souhaite d'être heureux, répondit son aîné en lui serrant l'épaule affectueusement.

Un élan de gratitude gonfla alors son cœur.

Brianna réapparut quelques minutes plus tard. Sa robe rouge et or, près du corps, lui allait à ravir, mais elle avait la mine anxieuse. Il s'avança à sa rencontre.

Dès qu'il la rejoignit, elle retrouva son expression habituelle, souriante.

— C'est bientôt l'heure de ton discours, dit-elle.

Il avait envie de la serrer dans ses bras et de l'embrasser, devant tout le monde, en faisait fi des ragots. « Bientôt », se promit-il.

Elle posa une main sur son bras.

— J'ai quelque chose à te dire. Je veux te parler. Ce soir, quand nous serons seuls.

Sakis tiqua. L'air inquiet de son assistante avait ravivé ses craintes. Il se domina néanmoins suffisamment pour se comporter en hôte parfait jusqu'au départ des invités. Pendant tout ce temps, il garda Brianna à ses côtés. Quoi qu'il advienne ce soir, cela ne changerait rien à leur relation.

Il poussa un soupir de soulagement lorsque tout le monde eut embarqué enfin sur le ferry d'Argostoli, où un avion à destination de Londres était prêt à décoller.

De son côté, Brianna s'occupait des employés du traiteur, qui pliaient eux aussi bagages.

Le moment était venu…

Quand Sakis s'approcha de sa maîtresse, son air désolé l'alarma.

— Qu'y a-t-il de si grave, Brianna ?

Elle jeta un coup d'œil circulaire.

— Pas ici. Rentrons.

Il déposa un baiser sur sa main et la guida vers son bureau.

— Si tu veux. Mais dépêchons-nous : j'ai envie de te faire l'amour depuis ce matin.

Elle lui répondit par un regard déchirant qui augmenta encore son inquiétude.

Dans le hall, ils croisèrent Theo et Ari, qui échangèrent une moue perplexe. Sakis les ignora et ferma la porte.

— Alors, qu'est-ce qui te tracasse à ce point ?

Pendant plusieurs secondes, elle ne parla pas. Elle semblait tellement perdue et misérable que Sakis eut pitié.

— Brianna, *pethi mou,* si tu ne me dis rien, je ne pourrai pas t'aider.

Ces mots semblèrent la décider à parler.

— Tout le problème est là, Sakis. Tu ne peux rien faire.

Il serra les poings et attendit la suite.

— Il y a quelques années, j'ai travaillé pour Greg Landers.

— Landers ? s'écria-t-il, alarmé. Le comparse de Moorecroft ?

— Oui. A l'époque, il dirigeait une entreprise de gaz.

Sakis tira les conclusions lui-même. Il n'avait même pas besoin de poser la question.

— C'est lui qui t'envoie des textos signés « G ».

— Oui.

Elle s'humecta les lèvres et, en dépit des circonstances, Sakis en conçut du désir. Il ne pouvait pas empêcher son corps de réagir traîtreusement. Il s'exhorta au calme.

— C'est ton amant ?

— Non ! s'exclama-t-elle en un cri du cœur. Mais il l'a été…

Elle baissa la tête, l'air honteuse. Une jalousie féroce s'empara de lui.

— Pourquoi t'appelle-t-il « Anna » ?

— C'est mon vrai nom. Anna Simpson. Mais je l'ai changé après…

— Après quoi ? demanda-t-il avec agacement.

— Quand je suis sortie de prison. J'ai purgé une peine de deux ans pour détournement de fonds.

Il eut l'impression de recevoir un coup de poignard en plein cœur.

— Quoi !

Elle hocha la tête, les larmes aux yeux. Sakis pouvait à peine respirer. Il avait encore été trahi, et cette fois-ci par une femme qu'il aimait. Car c'était bien de l'amour qu'il éprouvait pour elle, il en était parvenu à cette conclusion définitive.

Anéanti, il recula.

— Tu m'as menti, articula-t-il d'une voix blanche.

— Oui, avoua-t-elle d'une toute petite voix.

— Tu t'es associée avec un malfaiteur pour commettre un crime et tu t'apprêtais à recommencer. Tu t'es infiltrée dans mon entreprise et dans mon lit. Tu aidais en sous-main Landers à prendre le contrôle de ma compagnie.

— Non ! Ecoute-moi, je t'en prie. Jamais je ne t'aurais fait une chose pareille.

— Depuis combien de temps complotez-vous, toi et Landers ? s'écria-t-il, hors de lui.

— Je ne suis pas sa complice. Crois-moi, s'il te plaît.

— Te croire ? Tu plaisantes ! Depuis quand complotez-vous ? Réponds !

Brianna resta silencieuse. La culpabilité se lisait sur son visage blême.

— Et pourquoi cette confession abrupte ? reprit-il. Parce que l'enquête est sur le point d'aboutir ?

Brianna poussa un cri de détresse.

— Je voulais sincèrement te parler. Mais je… j'avais peur de te perdre.

Le rire mauvais de Sakis la transperça.

— Eh bien, tu as obtenu le contraire de ce que tu voulais ! Pour une femme dont j'estimais l'intelligence, tu te comportes de manière singulièrement stupide.

Elle sursauta sous l'insulte, mais il n'y prêta aucune attention.

— Alors, quel était le plan ? Maintenant, je veux des détails.

— Greg m'a demandé de lui fournir des renseignements sur les gros actionnaires de la Compagnie maritime, pour faire pression sur eux.

— Tu lui as donné des informations ? cria presque Sakis. Ne mens pas ! Je saurai de toute façon la vérité.

— Non ! Bien sûr que non. Je n'aurais jamais…

Elle s'interrompit pour ravaler un sanglot.

— Il est sans doute trop tard pour te convaincre, mais…

— Que voulais-tu en échange ? demanda-t-il, glacial.

— Rien. J'ai refusé de coopérer. Greg me fait du chantage. Il menace de dévoiler ma vraie identité.

— Evidemment. Bientôt, tu vas prétendre qu'il t'a aussi piégée la première fois.

— C'est vrai !

— Tu as été pourtant jugée coupable à l'issue d'un procès en bonne et due forme, non ?

— Oui. Mais Greg avait tout manigancé pour me faire accuser à sa place.

— Comment ?

— Il m'a fait signer des papiers…

— Sous la contrainte ?

— Pas vraiment. Il m'a manipulée.

Sakis l'interrompit d'un rire sarcastique.

— Une assistante pointilleuse et efficace comme toi aurait signé des papiers sans réfléchir ? Sans rien vérifier ?

Tu devais être très amoureuse, si tu as pris ses paroles pour argent comptant.

Brianna se contenta de baisser la tête de nouveau. C'était pire qu'un aveu. Cette femme qu'il aimait en aimait un autre… Fou de rage, il sortit son portable et appela son chef de la sécurité.

— Donne-moi ton téléphone, ordonna-t-il à Brianna.

Elle fronça les sourcils.

— Pardon ?

— Ton téléphone. Donne-le-moi.

Elle obéit comme un automate et il le mit sous clé dans un tiroir.

— C'est une preuve de complicité. Je le remettrai à la police en temps voulu.

— Non ! Sakis, je t'en supplie. Je ne veux pas retourner en prison.

L'horreur qui se peignit sur les traits de la jeune femme l'atteignit en plein cœur. Sakis baissa les yeux sur sa hanche, à l'endroit de sa cicatrice.

— C'est en prison que tu as été agressée, n'est-ce pas ?

— Oui.

Theos ! Une vague de compassion l'envahit sans qu'il puisse la maîtriser, et il fut presque soulagé d'entendre frapper à la porte.

— Sheldon, escortez Mlle Moneypenny hors de ma propriété. Qu'elle prenne l'avion de Londres. Gardez-la sous surveillance vingt-quatre heures sur vingt-quatre. Si elle essaie de s'enfuir, prévenez la police. C'est clair ?

— Oui, monsieur, répondit Sheldon malgré son évidente stupéfaction.

— Je sais que tu ne me crois pas, mais méfie-toi de Greg, je t'en prie, l'implora-t-elle. Il est dangereux.

Il resta de marbre.

— Sakis !

Il tressaillit et s'autorisa un dernier regard vers celle qu'il avait cru aimer. Elle était livide. Ses lèvres tremblaient et ses yeux suppliants en appelaient à sa mansuétude.

Sakis ne sut pas combien de temps il resta là, sans bouger. Puis, brusquement, la porte s'ouvrit.

— Tout va bien ? demanda Ari.

Theo l'accompagnait.

— Non, cela ne va pas du tout, répliqua-t-il.

— Ah, c'est dommage. Parce que, dehors, c'est la panique totale.

12.

Brianna se tira du lit et se traîna jusqu'à la fenêtre en espérant un miracle. Mais le gorille de Sakis était toujours de faction devant chez elle, dans son 4x4 aux vitres teintées.

La mort dans l'âme, elle alla dans la cuisine et brancha la bouilloire. Une chape de plomb pesait sur elle depuis que Sakis l'avait renvoyée de sa villa grecque, trois jours plus tôt.

Elle ferma les yeux pour essayer de chasser l'image qui la poursuivait. Jamais elle n'oublierait l'expression qu'il avait eue après avoir entendu sa confession.

« Tu m'as menti. »

Ces mots très simples avaient suffi pour faire s'effondrer son monde. Il n'y avait aucun moyen de les effacer et de revenir en arrière. Pour Sakis, elle serait toujours celle qui s'était introduite dans son lit pour le trahir, d'autant plus impardonnable qu'elle savait combien il avait souffert à cause de son père.

La bouilloire siffla. Au moment où elle attrapait la théière, des claquements de portière attirèrent son attention et elle se rapprocha de la fenêtre. Un paparazzi avait réussi à grimper à un arbre. Quand il braqua sur elle son appareil photo, elle plongea sur le carrelage de sa cuisine.

Sans se décourager, il l'interpella par la fenêtre ouverte.

— Mademoiselle Simpson, avez-vous des commentaires à faire sur les accusations portées contre vous ?

Elle rampa jusqu'au vestibule. A ce moment-là, on sonna à sa porte. L'idée que Sakis avait osé la jeter en pâture à ces vautours la paralysa. Puis elle se ressaisit, révoltée. Elle ne se cacherait pas comme une criminelle. Elle refusait d'être retenue prisonnière chez elle. Il lui restait au moins le droit de se défendre.

Ignorant les coups de sonnette de plus en plus insistants, elle se précipita dans sa chambre et enfila les premiers vêtements qui lui tombèrent sous la main. Malheureusement, elle ne pouvait pas mettre des baskets avec un tailleur. Il lui fallut donc opter pour des talons hauts. Ensuite, elle se donna un coup de brosse dans les cheveux et attrapa son sac à main.

Elle ouvrit la porte brutalement et fila entre les deux gardes du corps de Sakis, qui s'élancèrent aussitôt à sa poursuite. Elle stoppa sa course et leur fit face.

— Posez un doigt sur moi et j'appelle la police. Je porterai plainte pour harcèlement et vous serez immédiatement placés en garde à vue.

Ils ralentirent prudemment pendant qu'elle dévalait les marches à toute vitesse.

En se retrouvant dans la rue, elle cligna des yeux, éblouie par le soleil mais surtout par les flashes des photographes. Assaillie par les questions qui fusaient autour d'elle, Brianna fonça droit devant, en direction de la grande avenue située à environ deux cents mètres. Une voiture la rattrapa ; elle continua à courir, tête baissée.

— As-tu perdu l'esprit, pour t'exposer ainsi à ces crétins de paparazzi ? lança une voix familière.

Quand elle leva les yeux sur Sakis, Brianna eut le souffle coupé. Comme il lui avait manqué !

Puis, d'un seul coup, le souvenir de leur dernière rencontre détruisit le plaisir de le revoir.

— Cela ne te concerne plus, lança-t-elle, agressive.

Il la saisit par le coude.

— Attends, Brianna.

— Non, lâche-moi !

Elle réussit à faire quelques pas avant qu'il ne la rattrape.

— Mes gardes du corps ne t'ont donc pas prévenue de la visite des journalistes ?

— Ce n'est pas toi qui les as convoqués ?

Il tendit la main. Elle eut l'impression qu'il tremblait.

— Non, je n'ai rien à voir là-dedans. Viens avec moi, s'il te plaît. Nous devons parler.

— Non, merci. Je sais déjà ce que…

Elle s'interrompit et laissa échapper un cri quand Sakis la poussa dans la limousine.

— J'ai vraiment besoin de discuter avec toi. Je t'en prie.

Elle ouvrit la bouche pour protester, mais aucun son n'en sortit. Sakis paraissait exténué, avec des cernes sous les yeux et un pli amer au coin des lèvres. Elle décida de ne pas lutter mais s'écarta néanmoins le plus possible de lui et s'appuya contre la portière.

— Je te donne deux minutes. Ensuite, je sors de cette voiture.

Mais ils roulaient déjà. Trente secondes plus tard, ils étaient dans la cour d'une école, devant l'hélicoptère de Sakis.

— On t'a laissé atterrir ici, en plein centre de Londres ? s'écria-t-elle, stupéfaite.

— L'école est fermée pour les vacances. J'aurai sans doute une grosse amende. J'irai peut-être même en prison, mais cela en vaut la peine.

— Je ne comprends pas…

Sans répondre, il la conduisit jusqu'à l'appareil.

— Dépêchons-nous, lui intima-t-il.

Elle obéit, dans une sorte d'état second. Quand il se pencha pour l'aider à boucler sa ceinture de sécurité, elle secoua la tête : elle n'aurait pas supporté qu'il la touche.

Le trajet jusqu'aux Pentalidès Towers se déroula en silence, ainsi que la montée en ascenseur jusqu'aux appartements de Sakis.

— Qu'est-ce que je fais là ? s'exclama-t-elle en retrouvant la force de parler.

Il ferma un instant les paupières.

— Où allais-tu quand tu es partie de chez toi ?

— Cela ne te regarde pas. Je ne suis pas obligée de te répondre. Désormais, ma vie m'appartient. Peu importent les accusations que tu lanceras contre moi, je me défendrai, bec et ongles. Et, si je perds, tant pis. Mais à partir de maintenant c'est moi qui contrôle mon destin.

Le souffle court, elle marqua une pause et baissa les yeux sur le téléphone que Sakis sortait de sa poche.

— C'est le mien, dit-elle en tremblant. Tu ne l'as pas encore remis à la police ?

Elle le foudroya du regard, mais il s'approcha avec une expression à la fois confuse et désespérée.

— Non, pas après avoir lu ceci.

Il lui mit l'écran sous les yeux.

> Tu peux aller au diable, Greg. Tu m'as déjà fait condamner à ta place, et tu voudrais maintenant que je trahisse l'homme que j'aime ? Tu n'as aucune chance.

Le cœur de Brianna se mit à battre la chamade.

— Tu ne devrais pas croire tout ce que tu lis. Qui sait si je ne lui ai pas envoyé ce texto pour te tromper ?

— Pourquoi m'aurais-tu mise en garde contre lui, dans ce cas ?

Elle se contenta de hausser les épaules.

— Brianna, reprit-il, Greg a reconnu qu'il t'avait obligée à signer une procuration pour transférer des fonds sur un compte *offshore*.

Elle chancela sous le choc.

— Il a avoué ? Pourquoi ?

— Il est inculpé dans trois pays différents pour avoir soudoyé Lowell afin de provoquer le naufrage du pétrolier. Je lui ai dit que je suspendais les poursuites en Grèce s'il me fournissait quelques renseignements. Il m'a donné les dates des opérations, les chiffres et les codes de ses comptes aux îles Caïman. Et il a avoué le rôle qu'il avait joué auprès de toi.

— Donc… Tu me crois ? balbutia Brianna, submergée par un espoir au goût délicieux.

Une expression douloureuse se peignit sur les traits de Sakis.

— Malheureusement, le temps que j'ai gâché à m'apitoyer sur moi-même a permis à Landers d'alerter les tabloïds en leur révélant ta véritable identité. Je m'en veux beaucoup. Je n'aurais pas dû douter de toi.

Brianna secoua la tête. Elle se sentait si légère, tout à coup !

— Peu importe que tout le monde sache qui je suis. Je m'en moque. Tu n'as pas de reproches à te faire. Toutes les preuves étaient contre moi. Il aurait fallu être un saint pour croire le contraire.

Sakis jeta le téléphone sur une table et s'approcha d'elle, sans oser la toucher toutefois.

— Je suis impardonnable… *Theos*, je me demande comment tu as accepté de me suivre jusqu'ici !

— De toute façon, je venais chez toi.

— Ah bon ? s'écria Sakis, radieux soudain.

— Ne t'illusionne pas, je n'avais pas l'intention de te

supplier. Je voulais débarrasser mes affaires, ou demander à tes employés de le faire si on m'interdisait l'accès de l'immeuble.

— Brianna…

— Tu n'es pas obligé de m'appeler ainsi, maintenant que tu connais mon vrai prénom.

— Pour moi, tu resteras toujours Brianna, la femme dont je suis tombé amoureux. Celle qui possède plus de force de caractère et d'intégrité que n'importe qui. Celle que j'ai stupidement écartée avant d'avoir pu lui dire combien je l'aime.

Brianna tituba et ses jambes se dérobèrent sous elle. Sakis la rattrapa et la prit dans ses bras pour la porter sur le canapé.

— J'ai commis une erreur irréparable, reprit-il. Mais je voudrais malgré tout essayer de me racheter.

— Tu m'aimes ?…

— Je ferai tout ce que tu voudras. J'ai déjà demandé une révision de ton procès.

— Tu m'aimes ?

Il hocha solennellement la tête. L'adoration qu'elle lisait dans ses yeux verts la remplissait d'une joie inexprimable.

— Je t'aime plus que tout, dit-il d'une voix étranglée. Je ferais n'importe quoi pour te reconquérir, *agapita*.

— Que signifie ce mot ?

— *Agapita* ? Mon amour, ma chérie.

— Mais tu n'as même pas attendu de dormir avec moi pour m'appeler ainsi ! La première fois, c'est le jour où tu m'as emmenée manger des crêpes.

Sakis parut étonné. Puis un sourire illumina son visage.

— Mon inconscient parlait déjà à ma place.

Elle lui caressa la joue tendrement.

— Quand s'est-il immiscé dans ta conscience ?

— En Grèce, à cause des taquineries d'Ari et Theo. Je

me suis rendu compte que je ne pouvais plus vivre sans toi. J'avais résolu de te le dire le soir même.

— Redis-le-moi, demanda-t-elle, hésitant encore à laisser libre cours à son bonheur.

Rêvait-elle ?... Il dut lui répéter plusieurs fois qu'il l'aimait pour la convaincre. Puis il l'embrassa avec passion, longuement.

— Me pardonneras-tu jamais ? murmura-t-il.

Elle posa les paumes sur ses joues.

— Tu as pris la peine de t'intéresser à moi. Quand je t'ai raconté mon enfance et mes relations tumultueuses avec ma mère, tu m'as écoutée sans porter de jugement ni me condamner. Je t'aime depuis ce jour-là, bien avant et bien plus qu'au moment où j'ai envoyé le texto à Greg.

Elle l'embrassa à son tour, attendrie par son air éberlué ; et poussa un gémissement de protestation quand il s'écarta d'elle.

— Tu as un sac de voyage prêt ? demanda alors Sakis.

— Normalement, oui, dans le dressing. Pourquoi ?

Sans répondre, il s'éclipsa pour aller le chercher, et prit le sien au passage. Alors, il lui tendit la main.

— Où allons-nous ?

— J'ai bloqué un mois de vacances. Mon chalet suisse nous attend.

— Un mois suffira ?

Le bonheur la rendait délicieusement insolente.

— Certainement pas. Mais ce n'est qu'un début...

Brianna était allongée contre l'homme de sa vie, sur une peau de fourrure, devant un feu de cheminée.

— Quand je pense aux difficultés que tu as eues à cause de moi avec tes actionnaires, soupira-t-elle.

Sakis lui avait raconté la suite des événements. Après les révélations de Greg Landers, il n'avait pas été facile de plaider sa cause.

— Ils ont fini par comprendre que tu nous avais évité une dégringolade en Bourse, expliqua-t-il.

— Ah bon ?

— En me parlant de Greg, tu as fait gagner beaucoup de temps aux enquêteurs. Ils l'ont très vite localisé en Thaïlande, avec Lowell. Tu n'as pas vu leur arrestation à la télévision ?

— J'avais déjà de la peine à me lever pour manger, mon amour. Je ne voulais pas risquer de te voir à la télévision.

— Je suis tellement désolé…

Il se leva pour aller chercher un somptueux plateau de fruits de mer et le posa sur une table basse.

— Il y a de quoi nourrir toute une armée ! lança-t-elle en riant.

— J'ai honte que tu te sois mal alimentée à cause de moi, pendant l'épilogue de cette triste histoire. J'ai trop souffert de voir ma mère sombrer dans l'anorexie après les révélations sur mon père.

— Oh ! Sakis…

— Mange, *agapita*. Prends des forces. Et dis-moi que tu me pardonnes.

— Je te pardonnerai n'importe quoi tant que tu m'appelleras ainsi.

Cette nuit-là, en lui faisant merveilleusement l'amour, Sakis lui répéta ce mot doux, encore et encore, et elle en pleura de bonheur.

collection Azur

Ne manquez pas, dès le 1er septembre

***L'INSOUMISE DU DÉSERT**, Sarah Morgan • N°3505*

Mariage Arrangé

Layla sait qu'elle doit agir vite. Si elle ne veut pas épouser le tyran sanguinaire que son père, le cheikh de Tazkahn, a choisi comme successeur, elle doit fuir et remettre son destin, et celui de son peuple, entre les mains de Raz Al Zahki, le Prince du désert. Lui seul aura le courage nécessaire - et la légitimité, s'il accepte de l'épouser - pour conquérir le trône. Mais à peine introduite sous la tente de Raz, face à cet homme à la beauté sombre, dangereuse, Layla sent la panique l'envahir. Raz a toutes les raisons de la haïr : ne commet-elle pas une folie en s'offrant à lui ? Une fois qu'ils seront mariés, il n'y aura plus de retour en arrière possible, elle le sait...

***CONQUISE PAR UN SÉDUCTEUR,** Lucy Ellis • N°3506*

Play-boy & Milliardaire

Alors qu'elle passe quelques jours de vacances à Rome, Ava est brutalement projetée dans le passé quand elle se retrouve face à Gianluca Benedetti. Gianluca, le play-boy le plus en vue de l'aristocratie romaine, mais aussi l'homme avec lequel elle a partagé une brûlante nuit d'amour, sept ans plus tôt. Une nuit après laquelle il n'a jamais cherché à la revoir, sans doute trop occupé à séduire une nouvelle femme… Visiblement, il n'a pas changé : ne l'ayant de toute évidence pas reconnue, il l'invite bientôt à passer la soirée avec lui. Partagée entre colère et excitation, Ava sait qu'elle devrait refuser. Pourtant… comment résister à la tentation de passer une nuit avec l'homme qui semble avoir gardé le pouvoir de faire battre son cœur plus vite ?

***UN SI TROUBLANT SECRET**, Caitlin Crews • N°3507*

Une dernière nuit ? Jessa est abasourdie. Comment Tarik ose-t-il lui faire cette odieuse proposition ? Lorsqu'il l'a quittée sans un mot, sans une explication, cinq ans plus tôt, elle a tout perdu : l'homme qu'elle aimait, mais aussi son emploi et ses rêves d'avenir. Et aujourd'hui, alors qu'il s'apprête à prendre une épouse pour assurer sa descendance, il ose exiger une dernière nuit d'amour ? Jessa n'a qu'une envie : lui claquer la porte au nez, même si elle le connaît trop bien pour imaginer qu'il renoncera aussi facilement. Or, aujourd'hui, elle n'est plus seule en jeu, et elle doit trouver le moyen de l'éloigner : Tarik doit absolument continuer à ignorer l'existence de Jeremy, leur fils de quatre ans...

UNE FASCINANTE ATTIRANCE, Heidi Rice • *N°3508*

Iona est effondrée. Parce qu'elle a été assez stupide pour se laisser charmer par un don Juan qui s'est révélé être un escroc, son père a tout perdu. Déterminée à réparer le mal qu'elle a fait, elle décide de quitter son Ecosse natale et de suivre la trace de cet homme jusqu'en Californie. Mais quand Zane Montoya le détective chargé de l'enquête, lui apprend qu'elle n'est pas la seule victime, l'humiliation s'ajoute à la colère. Jamais plus elle ne fera confiance à un homme. Et certainement pas à cet enquêteur dont le charisme envoûtant et les yeux d'un bleu profond la troublent au plus haut point. Sauf que sous son regard, justement, elle se sent belle, désirable. Et n'est-ce pas ce dont elle a désespérément besoin après cette aventure désastreuse ?

UNE BOULEVERSANTE NUIT D'AMOUR, Christina Hollis • *N°3509*

Quand elle apprend qu'Alessandro Castiglione, l'homme d'affaires toscan réputé tant pour son caractère impitoyable que pour ses nombreuses conquêtes, va séjourner dans la villa du sud de la France où elle occupe le poste de gouvernante pour l'été, Michelle sait qu'elle peut dire adieu au calme qu'elle était venue y chercher. Alessandro va sûrement se montrer irascible et terriblement exigeant. Mais, tandis que les jours passent, elle découvre un homme attentif, drôle, charmeur. Et bientôt, elle s'abandonne à l'amour entre ses bras, pour une nuit magique qu'elle sait sans lendemain. Une nuit qui va pourtant avoir des conséquences inattendues...

AU NOM DU DEVOIR, Lucy Monroe • *N°3510*

Séduire Chanel Tanner, l'épouser et la déposséder de son héritage. Lorsque son oncle, le roi de Volyarus, lui expose le plan peu reluisant qu'il a conçu pour lui, Demyan ne peut réprimer un mouvement de recul. Pourtant, en tant que membre de la famille royale, il se doit de tout mettre en œuvre pour la survie du royaume. Une survie qui se retrouverait menacée si la jeune femme décidait de récupérer les investissements faits par son arrière-grand-père au sein de la banque royale. Mais lorsque son regard tombe pour la première fois sur Chanel, Demyan comprend qu'il joue un jeu bien plus dangereux encore. Cette opulente chevelure rousse, ces courbes délicieuses, cette innocence si rafraîchissante : cette femme semble avoir été créée pour lui faire perdre la tête...

L'HÉRITIER DES DONATELLI, Dani Collins • *N°3511*

Si Lauren a décidé de sortir de sa solitude pour assister au bal de Noël donné dans le plus bel hôtel de New-York, c'est parce que c'est sa seule chance d'avouer son secret à Paolo Donatelli, un secret qu'elle garde depuis de longues semaines maintenant. Trois mois plus tôt en effet, Lauren s'est abandonnée au désir fou que Paolo lui a toujours inspiré : parce qu'elle voulait échapper pour quelques heures à son quotidien, parce qu'elle voulait goûter, pour une fois, au bonheur et à la volupté. Hélas, ces quelques heures ont bouleversé sa vie... Enceinte, Lauren sait qu'elle ne pourra dissimuler sa grossesse très longtemps. Avant que la presse, qui guette le moindre de ses gestes, ne s'en charge, elle doit avertir Paolo, en dépit de tout le mépris qu'il a désormais pour elle...

UNE INOUBLIABLE PROPOSITION, *Carol Marinelli* • *N°3512*

Dire que ce mariage aurait dû être le plus beau jour de sa vie… Désespérée, en larmes, Connie se retrouve à errer dans les couloirs de l'hôtel qui devrait en ce moment même abriter sa nuit de noces. Comment ses parents ont-ils pu conclure pour elle ce mariage avec un homme qu'ils savaient incapable de l'aimer ? Car celui-ci s'est montré très clair : il ne compte pas entretenir la moindre relation avec elle. Aussi, quand un client de l'hôtel, un homme mystérieux et séduisant au regard brûlant de passion, propose de lui offrir - pour une nuit et une seule - tout ce qu'elle n'aura jamais au sein de ce mariage de convenance, décide-t-elle d'accepter...

PASSION EN TOSCANE, *Lynne Graham* • *N°3513*

- Amoureuses et insoumises - 4ème partie

Quand elle a quitté l'Angleterre pour entrer au service de la comtesse Leonetti, le plan de Topsy était simple : profiter de ce séjour en Toscane pour découvrir si le nouvel époux de la comtesse était bien ce père qu'elle n'a jamais connu et dont l'absence la hante depuis l'enfance. Hélas, c'était compter sans Dante Leonetti, le fils de la comtesse. Arrogant, ombrageux, autoritaire, il n'a certes rien de l'homme idéal. Alors, pourquoi éveille-t-il en elle ce désir fou ? Un désir auquel elle ne doit en aucun cas céder si elle veut mener à bien la mission qu'elle s'est fixé. Mais, en homme à qui rien ne résiste, Dante semble décidé à faire d'elle sa maîtresse. Et, chaque jour qui passe, la tentation est plus grande de céder à celui qui la fait vibrer de passion...

LE DÉFI DE LIA CORRETTI, *Lynn Raye Harris* • *N°3514*

- La fierté des Corretti - 6ème partie

« Félicitations Lia, tu as gagné, nous allons nous marier » Quand Zach Scott prononce ces mots d'un ton odieux, Lia sent son sang se glacer. En fuyant la Sicile pour retrouver cet homme avec lequel elle a passé les deux jours les plus éblouissants de sa vie, elle n'avait qu'une idée en tête : trouver un refuge face à sa puissante famille, pour elle mais aussi pour l'enfant qu'elle porte. Hélas, Lia se demande à présent si elle n'a pas commis une terrible erreur. Car l'homme qui se dresse devant elle, l'homme auquel elle s'apprête à lier son destin, se révèle un inconnu dur et froid, bien différent de celui qui l'a séduite quelques semaines plus tôt...

Attention, numérotation des livres différente pour le Canada : numéros 1942 à 1951.

www.harlequin.fr

A paraître le 1er juillet

Best-Sellers n°609 • suspense

Le secret du tombeau - Amanda Stevens

Lorsque le cadavre d'une jeune femme est découvert dans le vieux cimetière de Charleston dont on lui a confié la restauration, Amelia Gray comprend que sa vie solitaire et tranquille est en train de voler en éclats. Car le meurtrier, comme s'il prenait un plaisir sadique à la provoquer, a dissimulé des indices pouvant mener jusqu'à lui au milieu des pierres tombales. Des indices qu'elle est la seule à pouvoir déchiffrer…

Aussi, quand l'inspecteur John Devlin lui demande son aide pour résoudre cette affaire, Amelia pressent qu'elle n'a pas le choix : elle va devoir mener l'enquête avec lui. Pourtant, elle qui cache depuis l'enfance un don terrible et étrange sait aussi qu'il lui faudrait à tout prix garder ses distances avec cet homme sombre et ténébreux, hanté par des ombres du passé. Sauf que l'attirance qu'elle ressent pour Devlin ne fait que s'intensifier à mesure que les indices la rapprochent du tueur… mais aussi du voile ténu qui sépare les vivants du monde des morts.

Best-Sellers n°610 • thriller

Capturée - Elizabeth Heiter

Appelée en renfort sur une scène de crime dans le bois de Bakersville, Evelyn Baine, profileuse au FBI, ne s'attendait pas à découvrir une mise en scène aussi macabre : les cadavres de deux jeunes femmes ont été enterrés à la verticale, les têtes émergeant du sol et exposées comme des trophées… Bouleversée, Evelyn pressent aussitôt qu'un tueur en série rôde dans la nature. Pourquoi a-t-il choisi ces femmes ? Et que signifie le cercle scarifié sur leur poitrine ?

Autant de questions qui l'amènent peu à peu à dessiner les contours d'un meurtrier à la personnalité violente et sadique. Un meurtrier qui, elle le devine, est proche, tout proche… et prêt à tuer de nouveau. Résolue à tout mettre en œuvre pour le faire arrêter, Evelyn prend alors une terrible décision : elle servira d'appât pour le forcer à se dévoiler…

Best-Sellers n°611 • roman

Là où la vie nous emporte - Susan Wiggs

Depuis des années, Daisy Bellamy est déchirée entre deux hommes – Logan, très séduisant mais tourmenté par une histoire familiale complexe, et Julian, dont le charme éclatant dissimule une profonde révolte intérieure. Même si, à l'âge de dix-neuf ans, un choix s'est imposé à elle et a conduit Julian à disparaître peu à peu de sa vie.

Quatre ans plus tard, accaparée par une carrière de photographe en plein essor dans la ville d'Avalon, Daisy mène une vie très agréable avec Charlie, son petit garçon adoré qu'elle a eu avec Logan, un père aimant et attentif. Pourtant, au plus profond d'elle-même, elle sent parfois que quelque chose manque à son bonheur.

C'est alors que Julian revient et, avec lui, la mémoire de l'été merveilleux de leur rencontre au bord du lac des Saules. Bouleversée, Daisy se retrouve confrontée au choix qu'elle croyait avoir laissé à tout jamais derrière elle…

Best-Sellers n°612 • roman

Le parfum de l'automne - Brenda Novak

Alors qu'elle vient d'envoyer promener Simon O'Neal, l'acteur le plus viril et le plus sexy d'Hollywood, parce qu'elle ne supportait plus ses frasques, Gail DeMarco se demande si elle n'a pas commis une erreur. Une erreur ? Il s'agit en fait d'une vraie catastrophe, oui ! Du jour au lendemain, tous ses clients quittent son agence pour se tourner vers la nouvelle attachée de presse engagée par Simon. Désespérée, et se sentant responsable de l'avenir de ses employés, Gail n'a pas le choix : il lui faut présenter des excuses à Simon. Sauf que celui-ci, qui cherche à redorer son image pour obtenir la garde de son fils de cinq ans, lui propose alors un marché : l'épouser pour qu'on le croie rentré dans le rang. Forcée d'accepter cet arrangement insensé, Gail se demande comment elle va bien pouvoir vivre avec cet homme chez qui elle déteste tout, absolument tout. Ou presque…

Best-Sellers n°613 • suspense

Le frisson de la peur - Lori Foster

Quand Arizona Storm se présente chez lui pour lui demander son aide, Spencer ne pense pas une seconde à refuser : comment le pourrait-il, alors que la jeune femme éveille en lui, depuis qu'il la connaît, un puissant sentiment protecteur ? Cependant, même s'il est persuadé de pouvoir l'aider dans l'enquête qu'elle mène sur un réseau de proxénétisme, Spencer sait aussi qu'Arizona s'attaque à de dangereux criminels, prêts à tout pour parvenir à leurs fins, et qu'elle n'hésitera pas une seule seconde à se mettre en danger pour les arrêter. Dès lors, il devra tout faire pour la protéger. Mais il sait aussi qu'en travaillant avec elle, il va devoir faire face aux réactions et aux sentiments étrangement intenses, brûlants, que fait naître en lui Arizona, dont l'émotion à fleur de peau, la fragilité et la féminité incandescente le touchent profondément…

Best-Sellers n°614 • historique

Fiançailles à Brentmore Hall - Diane Gaston

Angleterre, 1816

Anna ne sait si elle doit être heureuse ou terrifiée à l'idée d'avoir trouvé une place de gouvernante dans la somptueuse demeure de Brentmore Hall. Car si ses élèves Cal et Dory semblent adorables, leur père, Lord Brentmore, fait quant à lui l'objet d'étranges rumeurs. Ne dit-on pas qu'il a un passé plus que douteux ? Mais dès qu'elle rencontre le mystérieux marquis, un trouble profond l'envahit face à cet homme si séduisant et si sombre à la fois, visiblement marqué par la mort de sa femme. Mais ce drame peut-il expliquer qu'il se montre aussi distant avec ses propres enfants ? Puisqu'elle est désormais la gouvernante de ces derniers, Anna se doit de lui rappeler son rôle de père. Tout en se demandant si c'est uniquement par devoir qu'elle agit ainsi… D'où lui vient en effet cette curiosité brûlante qui la pousse à percer les secrets du marquis, alors même qu'il s'apprête à annoncer ses fiançailles avec celle qui est destinée à devenir une nouvelle mère pour les enfants ?

Composé et édité par HARLEQUIN

Achevé d'imprimer en juillet 2014

BRODARD & TAUPIN

La Flèche
Dépôt légal : août 2014

Pour l'éditeur, le principe est d'utiliser des papiers composés de fibres naturelles, renouvelables, recyclables, et fabriquées à partir de bois issus de forêts qui adoptent un système d'aménagement durable. En outre, l'éditeur attend de ses fournisseurs de papier qu'ils s'inscrivent dans une démarche de certification environnementale reconnue.

Imprimé en France